相约名家·冰心奖获奖作家作品精选

高长梅　王培静／主编

方向：生活

陈亚军　著

九州出版社 | 全国百佳图书出版单位

JIUZHOUPRESS

图书在版编目（CIP）数据

方向 : 生活 / 陈亚军著. -- 北京 : 九州出版社, 2013.5
（2021.7 重印）
（相约名家·冰心奖获奖作家作品精选 / 高长梅, 王培静主编）
ISBN 978-7-5108-2084-7

Ⅰ.①方…　Ⅱ.①陈…　Ⅲ.①散文集 – 中国 – 当代
②小说集 – 中国 – 当代　Ⅳ.①I217.2

中国版本图书馆CIP数据核字（2013）第084317号

方向 : 生活

作　　者　陈亚军　著
出版发行　九州出版社
地　　址　北京市西城区阜外大街甲35 号（100037）
发行电话　（010）68992190/3/5/6
网　　址　www.jiuzhoupress.com
电子信箱　jiuzhou@jiuzhoupress.com
印　　刷　北京一鑫印务有限责任公司
开　　本　710 毫米 × 1000 毫米　16 开
印　　张　9.5
字　　数　136 千字
版　　次　2013 年 5 月第 1 版
印　　次　2021 年 7 月第 9 次印刷
书　　号　ISBN 978-7-5108-2084-7
定　　价　36.00 元

出版说明

冰心是我国现代文学史上著名的作家，她的儿童文学作品和散文在中国文学史上占有重要位置。

这里所说的"冰心奖"包括"冰心儿童文学艺术奖"和"冰心散文奖"。

"冰心儿童文学艺术奖"创立于1990年。创立以来，它由最初的单一儿童图书奖，发展为包括图书、新作、艺术、作文四个奖项的综合性大奖，旨在鼓励儿童文学作品的创作出版，发现、培养新作者，支持和鼓励儿童艺术普及教育的发展。其中，"冰心儿童文学新作奖"与"宋庆龄儿童文学奖"、"陈伯吹儿童文学奖"、"全国儿童文学奖"并称国内四大儿童文学奖。

"冰心散文奖"是一项具有权威的全国性的散文大奖。冰心生前曾是中国散文学会名誉会长，"冰心散文奖"是遵照其生前遗愿而设立的，旨在彰显我国散文创作的成就，不断评选出题材广泛、思想敏锐、着力表现现实生活，创作形式风格多样的优秀散文。"冰心散文奖"是与"茅盾文学奖"、"鲁迅文学奖"并列的我国文学界散文类最高奖项，也是中国目前中国散文单项评奖的最高奖。

《相约名家·冰心奖获奖作家作品精选》共收录近年来荣获"冰心儿童文学艺术奖"和"冰心散文奖"的三十位作家的作品。这些作品无论是小说还是散文，或抒写人间大爱，或展现美丽风光，或揭示生活哲理，或写实社会万象，从不同角度给青少年读者以十分有益的启迪。

随着中小学课程改革的深入与发展，让中小学生多读书、读好书早已成为共识。我社推出本套大型丛书，希冀为提升中国的基础教育、为青少年的健康成长尽一份力。

九州出版社

目 录
CONTENTS

第一辑

梦幻与现实的交织

鸟也寂寞

在去往青海德令哈的路上，两边大多是沙漠和戈壁混合的地貌，坚硬无比，大如碗口小如弹丸珠矶的石砾和卵石遍地皆是。这似乎让人有理由相信，在远古这里曾是茫茫的海洋，地壳变迁，海水退去，留下的卵石是为了证明曾经发生在这里的一切喧嚣。总之，久远的故事把柴达木沦为荒漠地带。

置身青藏高原，任何一丝绿色或活物都会给人带来惊喜，没有身临其境是无法体会这种独特感受的。有两个曾经被流传的小故事可以佐证这里的荒漠程度。二十世纪六十年代，一个在柴达木西部戈壁滩出生的三四岁的小女孩，第一次跟随父母走出戈壁，见到又高又壮的白杨树，竟激动地高喊大白菜、大白菜。无独有偶，另外的一个小女孩儿，当看到格尔木郊区的小树林时，竟不顾乘坐了一天汽车的旅途疲劳，拉着妈妈去看那片大森林，好大的一片森林啊！

而关于动物的故事就更带给人独有的感动了。

高处不胜寒，高寒便盛产冰雪，冰雪消融，蜿蜒而去，所经之处便出现了草原、灌丛等植物甚至动物，这是一个显著的特点。在这人烟稀少的茫茫戈壁滩上，只要有水的气息正在一点点儿湿着鼻翼，人的细胞就会随之兴奋起来。水是生命之福祉，生物临水而居，一个有生机的世界必将近在眼前了。果然，远处的半山坡上出现了零星的藏包，炊烟袅袅升起。再近些，青草的气息阵阵袭来，羊群似珍珠散落在山坡上，而身体前后左右都像挂着布帘子的牦牛也穿插其间，恍若闲庭漫步。

走在山坡上，我看见一簇簇黄绿相间的草丛中间出现了一个拳头大小的洞，许是刚刚被雨水淋过，这洞很是有一种清新的人丁兴旺的感觉，就是说，这个洞里的居住者们日子过得很热闹。我不自觉地蹲下来，向着洞里望去，并问一个当地人：这是谁的家？他笑了笑告诉我说，这是老鼠的家。我说，只住着老鼠一种动物吗？他说，不一定。

是的，我们都共同地想到了那个故事：鼠雀同穴。

鼠是地上跑的，鸟是天上飞的。老鼠的家建在地上，而高原上的麻雀又能在哪里搭建自己的窝呢？一望无际的戈壁滩或者偶尔的草地上，只有极少的油毡布撑起的藏包，这唯一的建筑物，自然不能成为麻雀的栖息之所。高原是何等气候，昼夜温差极大，一二十个小时之内就感受一次冬夏之季的轮回也是司空见惯的事。夜晚来临了，躲在洞穴深处享受温暖的老鼠，听到洞外传来瑟瑟发抖的甚至是凄凉的叫声，它们警觉起来，屏住呼吸凝听，叫声越来越急迫，越来越哀伤无力。老鼠们一定是被这声音感动了，它们轮番跑到洞口张望，就看见浑身颤栗的小麻雀蜷缩在洞口。它们一出现，麻雀就不再一声紧似一声叫唤了，只是瞪着期待的眼睛望着老鼠，目光里满是渴求。好一会儿，老鼠们又都缩回去了。高原暂时恢复了沉寂。麻雀缩成更小的一团有礼貌地期待着。又过了许久，显然它已经撑不住了，便向鼠洞再挪近了一步，再叫起来时声音都跑调了。这一次，一只比较大的老鼠出来了，直接走出了洞口，与麻雀进行了短暂的对视后，麻雀在前，老鼠在后，它们一同钻到洞里去了。

这不是童话故事，长得像老鼠一样颜色的小麻雀，经常去老鼠洞里过夜，躲避寒冷，这是一些当地人亲眼见过的发生在高原的真实情景。在此，老鼠变得坦荡起来，麻雀褪去一些防范之心，也许正是它们适应恶劣的自然环境所应有的进化吧。假如有一天，我在高原上见到了一种鼠头雀翼的陌生小动物，也不会非常吃惊，从善良的愿望出发的合作难道没有理由结出创新的果实吗？

在海拔三千多米的天峻县境内的布哈河，因青海湖的湟鱼春天都到此产卵而著名。河水极其清澈，连沉在河底的大大小小的卵石似乎都是透明的，站在高高的桥上向下望去，有成人多半个手臂那么长的大鱼在懒散地游动，也有成群的小鱼在卵石间穿梭嬉戏。天高地阔，碧水蓝天，那鱼儿是何等悠闲，真乃天地之间的神仙也。

以下的故事就是青海的一个摄影记者在布哈河亲历的事。

那天，阳光明媚，他在距青藏公路三四里地的布哈河边上取景，发现一只羽毛鲜艳的小鸟在河边低飞跳跃，那实在是一只漂亮极了的鸟。记者的视线不自觉地跟着它舞蹈。好一会儿，他发现自己离它很近了，就试探着伸手去触摸，鸟儿并不拼力躲闪，只是撒娇似的退后一点点儿，还眨着清亮的黑眼珠看着他。职业习惯让记者灵机一动，为什么不给它拍一张特写呢？想到这儿，他伸出手去，没费吹灰之力就逮住了小鸟。然后，他脱下自己的黑皮鞋，两只鞋分别压住鸟的小爪子。开始小鸟还有些反抗，过了一会儿，它安静了许多，小脑袋忽而看看左边，忽而又望望右边，颇感奇妙地望着两只大皮鞋。这时，记者已多次按下了快门。接着，他穿上了自己的鞋，把小鸟握在手里，并轻轻地用手指揉着它被皮鞋压过的腿。谁知鸟儿并没有感激的意思，却奋力挣扎。记者原以为只要他一松手，小东西一定会迅速飞跑的。可是，小鸟被放到地上后，根本没有跑，却显得很急切地在寻找着什么。当它蹦到记者的脚边时，才停下来。他走到哪儿，它就跟到哪儿。记者感到很奇怪，就又脱下鞋放在地上。奇迹发生了，鸟儿倏忽间跳到了两只鞋的缝隙处趴伏着。

记者总是要离开的，当他再次穿上鞋时，这只小鸟一直蹦蹦跳跳地跟在他的身后。准确地说，是在追随着那双鞋。在惯常的生活中，它的视线内除了哗哗作响的布哈河水、春夏才出现的灌丛青草，以及永远也望不下来的天际，再也没有什么了。也因此，它把这双皮鞋当成了可贵的活物，可贵的新朋友。直到记者跨过一条小溪，登上汽车，他看见小鸟还踟蹰在皮鞋消失的地方眺望，样子很是不安。它小小的心定然是忧伤的，也会越发的孤独起来。

坐在布哈河边上，那只鸟和它的故事不断在我的头脑中闪现。青藏高原所有的动物可能都是孤独的，但同时也是幸运的。就说这只鸟吧，若是在平原地带，或是在不尊重科学、不保护自然环境、一味地叫嚣发展经济的地方，它长得那么漂亮，早就会被人粗暴地掠去，或一次又一次被拐卖，或被破了膛生生炖了吞到人肚子里去了。

这再一次让我坚信，孤独是美丽的。

穿越沙漠

我很想说，南疆行，对于我来说，至少获得了以下的感受：这是一次殷实的深入生活。

新疆，由于它特殊的地理位置、气候、多民族以及文化等的别致，对很多内地人来说，"西域秘境"是一个遥不可及的梦。

从乌鲁木齐出发，一路途经"天下第一州"的巴音郭楞州，其面积占国土面积的二十分之一。又经阿克苏到达了帕米尔高原下的几乎是中国最西部的城市喀什。喀什是维吾尔族人聚集的城市，走在街上，俨然有置身异国他乡的感觉。三天后，经过和田抵达民丰。"不走新疆，不知中国之大；不走南疆，不知新疆和兵团之大"，此时，便也深感到了此话的道理。住宿在民丰宾馆那一夜，我通宵失眠。这种状况的出现，我想有两个原因，其一，离开喀什的前一天晚上，喀什日报社设宴接风，席间大家飞斛献酬，只有一位男士不太爱说话。当听说我们即将穿越沙漠公路时，他马上激情洋溢，告诉我们他刚从那条路上走过来，啊呀，太壮观了。那表情是对塔克拉玛干沙漠无法言说的一种感慨。我是一个很容易被感染的人，在以下的活动中，脑海中总是浮现着对沙漠的种种想象和期待。其二，行程至此，加之感冒，我的身体承受疲劳的能力已超过了极限，这个时候，本应让身体完全处于静止状态沉沉睡去以恢复体力，而我的思维却史无前例地活跃起来，连一粒灰尘落地发出的呻吟，这上帝才能听到的声音，我都能凭胡思乱想敏感地攫住它。总之，任何一点儿动静都会使我的失眠得到鼓励，更加地兴奋起来，这种身心矛盾真是生命的一种灾难。

第二天早晨，那个浑身许多部位和思维都已不再是我的那个我，又在黑蒙蒙的夜色中与大家一起上路了。今天，将走过此行最艰难的一段行程，穿越塔克拉玛干大沙漠。

我们是从沙漠的终点走向始点，刚刚进入沙漠公路不久，山东作家赵德发一声亢叫："停车，停车吧，否则看不见大漠日出了。"

车停了，我们向路边的高处沙丘奔去。居高远眺，昆仑山脉像是侧卧在沙漠边缘一条黛青色的镶边，而那个金色火球般的太阳就在这青山背后喷薄而出。此刻，眼睛凝住不动，你会感觉昆仑山似一条巨龙在慢慢蠕动，迎迓日出。是巍巍昆仑展开了万丈霞光，也是灿灿天光舞蹈在蜿蜒的昆仑之上。此时，再麻木的神经也能被这盛景撞出些许激情。而回头望去，视野内只有我们的车像一只孤零零的小蚂蚁趴在路边，难道只有我们一行人在欣赏吗？我有些茫然，人类在不停地为美好生活而奋争，如此美丽的大漠日出之景观却日复一日、年复一年地孤独壮观着。

塔克拉玛干沙漠位于塔里木盆地中央，沙漠内部沙丘连绵起伏，沙丘最高可达二百五十米，内部植被稀少，是世界第二大流动沙漠。二十五万年前，由于地壳变迁，青藏高原的强烈隆起，阻挡了印度洋温润气流的深入，新疆气候渐趋干燥，河湖干涸，风沙渐多，大约在一万年前，塔克拉玛干沙漠就已基本形成今天这样的规模面貌了。随着塔里木盆地的沙漠化加剧，沙漠边缘的许多丝路古城都被风沙湮没。十九世纪末，瑞典探险家斯文·赫定带领的探险队差一点儿在沙漠中全军覆没。几年后回到瑞典，他还心有余悸地说："可怕！这不是生物所能生存的地方，而是死亡的大海。可怕的死亡之海！"

塔克拉玛干，维语是"凶险恐怖"之意。过去，沙漠上没有路，松软难行，走一步退半步。前人的步痕，一阵风过去就完全消失了。旅人唯一的办法是匍匐在地，用手在沙漠中摸寻驴马的粪颗作为前进的标识。而今天，现代文明已使宽阔的柏油路横贯沙漠腹地。穿行在茫茫大漠中，有许多独属于沙漠的奇异景观闯入眼帘，撞击着心壁，让人震惊。沙漠的风多种多样，偶见远处有打着旋儿的风沙急速直冲云霄，正所谓大漠孤烟直。有时，一个打盹儿的工夫，车窗外已由朗朗晴日变得风沙弥漫，睁大眼睛也看不清对面驶来的车辆。

风沙对于人是残酷的，但是人却不能按照任何一种常规的环境理念去理解沙漠。那风沙，正是沙漠的生命指征。孤独的沙漠时常揭起自己身体的某一部分交流到另一个部位，然而即使弥漫了千年万年，我想，茫茫大漠仍有互相还没有相见的沙粒吧。风，是沙漠阅读认识自己的唯一方式。

亲临沙漠，我坚定地认为，沙漠是有生命的，而且它的生命是相对永恒的，这种认识来自于胡杨所给予的提示。维语称胡杨为"托克拉克"，意为最"美丽的树"，还被称为"沙漠英雄树"，它抗干旱、御风沙、耐盐碱，树干高大通直，树叶奇特，生长在幼树或大树嫩枝上的叶片狭长如柳，大树老枝条上的叶子却圆润如杨。一棵树上体现着好几种人生。

当我们的车子大概行驶到沙漠公路一半的时候，就有完全干枯的或半枯半绿的胡杨出现在视线里，我听见车上不断有人发出惊叹。当成片胡杨出现的时候，那一片奇异的景致绝能把人的感觉撞个趔趄，那树，千姿百态，神韵万千。有许多直径超过成人手臂长度的胡杨就剩下一截枯桩了，是何等的风暴活活削去了它们那样粗壮的上半部身体？这想象必须停止，我感到有些恐怖。还有的树看下边是枯死的，断裂处错落有致，抬起头来没被风砍去的边缘部位却奇妙地生长出一截完整的树梢，那树梢的茂盛让人总觉得是一种幻景。稍显完整一些的胡杨树可能左边伸出的是枯枝，右边伸出的却是盎然的绿枝。新疆人对胡杨有"活一千年不死，死一千年不倒，倒一千年不腐"的说法，我信。还不仅仅如此，那些或粗或细的枯枝举着自己或半掩埋在沙土中的姿态，实在是形神兼具。有的人说这地方像墓地，我却认为不仅仅如此，胡杨枝条或婀娜百态，似正在进行着爱情的缠绵；或遒劲不阿，森然欲搏，似在不辱着一份千古神圣的使命。即便枯死了也像活着，也许是茫茫沙漠对比映衬出的生机吧！它们神兮兮的，鬼森森的，还透着些人气。曾经有一刻，我把伸出去想捡一截枯枝的手又缩了回来，我担心，只要触到那枯枝，它们就会发出尖叫或呻吟，面对这些干枯的胡杨，我的心像被利器尖锐地划过，它们是沙漠的语言啊！生生死死都在诉说着亿万年的变迁，亿万年的历史。古老的树都是有灵性的。此刻，我很有一种唯心的冲动，在这里，谁知道有没有发生过与神与人与鬼都有关的故事呢！

在大漠，我还听到另外一则真实的故事。心，也被深深地震撼着。1989年，中国石油物理勘探人员在新疆塔克拉玛干沙漠腹地的绿洲上，发现一个与世隔绝的牧民小村。居民过着世外桃源的生活，他们白天以太阳为钟计时，食野菜野果，过着刀耕火种兼狩猎的生活，他们没有学校，没有集市贸易和文字，使用维语，这些人的祖先在三百五十年前在此定居，他们全然不知道有清朝以及至今的一切。事实上，这些世外桃源人生活在塔克拉玛干沙漠腹地的克里雅河畔，并因此得名克里雅人。他们都是宽衣广袖，走路以舞代步，张口以唱代说，个个怡然自得。他们离群索居于克里雅河岸边的胡杨丛间，共八百多人，以牧猎为生，住所用树枝、红柳编盖成四方形栅式房屋，树皮做门，平时屋里生一堆明火，每户相距七八公里。他们以为世界就是他们村。

他们被发现了，政府就把许多能带去的现代文明带给了他们。我时常在想，一群处于原始状态的人，一下子让他们跨越多少朝代，跳到现代人的生活轨道上来，不知他们的肠胃和头脑能否消受得了。克里雅人生活在大漠的深处，我们没能走近他们，但这个故事却让我一次次把目光伸进无际的远方，我在心里为他们祈祷，大自然啊，多给你的子民施以爱心吧！走出大漠，我不自觉地掐了掐自己的胳膊，因为，至此，我觉得沙漠快把我前几世攒下的水分都要吸干了！

当我们的采风团经吐鲁番返回乌鲁木齐时，我想，每个人的内心都装载了许多沉甸甸的新疆史话。

古西域素有"世界民族博览馆""世界宗教博览馆"之美誉。世界史上，十五世纪以前的世界重心在东方的亚洲，人类历史最早、最广泛的一次交融就是发生在新疆境内。那时世界交通以陆路为主，"丝绸之路"以新疆为枢纽，中国的丝绸由此传入罗马，印度佛法由此传入中国，皆以新疆为交通孔道和文化走廊。当年，古西域道上，旅舍栉比，寺庙巍峨，文化、经济都是何等繁荣啊。随着海上交通的出现，新疆逐渐失去活力，被沦为封闭地区。福克纳说：我现在不存在，我过去存在。新疆无法替代的丰厚的历史价值正是体现在辉煌腾达的过去。同时，新疆有着或美丽或苍凉的独特自然景观，而且重振新疆的兵团人开创天地的风采更是让人感叹无限。

一路行程近五千公里，尽管大多是沙漠戈壁，景色荒凉苍茫，但我想，每个人的内心却是热闹的。与自然亲和是对人内心世界最有力的整理和沉淀，都市生活对个体生命的塑造，久之难免不会把人变成城市的一个零件，我不想这样。

沙漠行，必将成为我记忆深处一个永不泯灭的驿站。

壶关峡谷行记

来山西太行山脉之前，头脑中不断闪现的与之相链接的关键词：贫瘠。或者可以说，这是对我以往接受的有关太行山信息的一个含糊的印象。人的思维是很顽固的，它常常依着惯性，顺着某种痕迹前行，哪怕这种痕迹仅限于感性层面。然而，亲临太行山脉，即便是对壶关大峡谷浮光掠影的走读，也给我带来了极大的震撼，这里哪是简陋的贫瘠，它的雄浑玄妙，堪称大美。

壶关大峡谷由五指峡、龙泉峡、王莽峡等组成。远看，峡谷峰峦叠嶂、万壑争奇、林海浓荫蔽日、绿浪滔天。走近，当大巴车把我们一行人运抵大峡谷前，大家深深地被大自然的神奇折服了！峡谷垂直耸立，峡峰直插云霄，山石千奇百怪，悬崖刀削斧劈。陡峭的地貌特质，使大峡谷显得无端的险峻、雄伟、奇拔。藏青色的陡崖上悬生着多种植被，在半空中飘摇，又使峡谷显得幽邃、秀丽，仿佛是梦幻的现实版本。站在这壮美的峡谷前，人会不自觉地后仰脖颈，几乎要仰成九十度的角度，才可能用视线去碰碰那高端的景致，难怪游客发出的唏嘘声似乎都拐了个弯儿后才破嗓而出。

壶关大峡谷，让人无法自抑地就带着一种崇敬的心绪去仰视。忽而，"故垒西边……乱石穿空，惊涛拍岸……江山如画……"苏轼的即景抒怀、吟咏赤壁的词句较有场景感地在我的脑海中闪过。忽而，脑际中又闪现出法国纪录片大师雅克·贝汉作品中那富有冲击力的精致画面：比如庞

第一辑／梦幻与现实的交织

大阵容的群鸟翱翔在蓝天上，甚至可以听到它们的翅膀唰唰地切割空气的声音。抑或弱小的群鱼，为了抵抗那些强悍的入侵者，瞬间就在海洋深处滚成一个惊涛骇浪的雪球，偌大到仿佛要把大海撑破了。那种气势那种有节奏感的壮阔情景，就在眼前交织幻化。苏轼和雅克·贝汉是通过艺术创作制造出的效果，而壶关大峡谷的壮美却是浑然天成。

我在想，有着如此壮美、曼妙风光的大峡谷，在它构成之前，这里曾是怎样的世界？在构成的过程中，又发生了怎样的地壳变迁，甚至天崩地裂？

在中国辽阔的版图上，壶关县是一个不起眼的小城，它的名字由来是有历史渊源的。班固《汉书》载，壶关县的设立起因于汉高祖刘邦和项羽的争霸天下。时光倒回到公元前206年，刘邦派大将韩信与项羽争夺天下。这一天，韩信率兵来到了太行山大峡谷前，他举目望去，只见群峰巍峨，地势险要，抬头望天，两边山体对峙构成峡谷，峡谷对应的天空很像一把大铜壶。他便请示刘邦派兵驻守，修建关隘，此处因此谓之曰"壶关"。位于壶关县东南部的太行山又名五行山、王母山、女娲山，它南临黄河北接燕山，横亘在黄土高原与华北平原之间，这里自古就是中国西北通往中原大地的交通咽喉。亿万年沧海桑田的演变，也许是造物主画龙点睛，这块土地最初形成了青石夹泥灰岩的山地，接着隆起太行山背斜，在壶关县异军突起。受风化和河流冲刷切割，便形成多峡谷、山岭、森林、洞穴、泉眼、瀑布、水潭并存的景致，这些自然天成的元素或相互辉映或独立成章，经年变迁，共同演绎出了独特的大峡谷风光。

遍及在几大峡谷里的峰景、遗址、水景、羊肠坂道等，都自娱自乐成独有的味道和风姿，可谓小经典成就大风景。如此雄奇的自然美景，对鬼斧神工这个词做了最好的注解。

五指峰是五指峡的入口，形状好像是伸出的五指，五指峡也是因为这座山峰而得名。五指峰不仅有陡峭的悬崖，又有千奇百怪的山石，集雄、奇、险、幽、美于一体。古人有诗曰："五朵危崖五指开，亭亭玉立绝尘埃，惊涛忽涨清泉水，是否翻云覆雨来。"其中的内蕴是对五指峰最恰切的描述。

壶关大峡谷的山势各有神韵，有的如悠闲品茗切磋棋艺的仙人对弈；有的如镇守着自己领地的凛凛雄狮。还有"超然云雾中，不与群山伍"的照壁峰，也有沐浴朝阳的金鸡报晓，各自超然出众。有两座造型奇特的山被当地人称作纸（指）山，后面稍远的好像一张薄薄的纸，前面的又像一根手指头，因此得名，两山造型各异。

　　五指峡中的黑龙潭，河水清澈，终年流淌不息，传说守护黑龙潭的是一条黑龙，所以每到大旱的时候到这里求雨的人一定要属龙或蛇，许是"同类"不相残吧。游人既可泛舟水上，也可乘皮筏漂流，怡然自得。

　　在陡峭绝壁上开凿的古栈道旁，有一座被称为仙人桥的石筑桥梁，它曾为沟通晋豫两地的经济、文化交流立下了不小的功劳。仙人桥建于明朝，造型朴素，结构坚固。据说当时曾调集晋、冀、鲁、豫、秦五省十八府、九十六县的民众参与修建，多大的阵势啊。

　　离仙人桥不远处，连接着一座坚实的桥梁，跨过这座桥和相连的山洞，就进入了龙泉峡。龙泉峡和五指峡是两个不同的气候带。良好的气候条件使龙泉峡水丰沛草茂美。走到这里，瀑布飞溅，给人带来明晃晃的视觉冲击。此处有一个从河南进入山西的古关口，叫大河关。虽然曾遭到了破坏，但遗迹轮廓还依稀可见，也能寻到古关、古桥和古栈道的痕迹。

　　羊肠坂也曾是古代中原与上党太行交往的一条必经的险道，它因道路狭窄、盘桓似羊肠而得名。三国时曹操率兵攻打盘踞于上党壶关的高干时，途经此地，曾赋诗《苦寒行》感叹此行的艰难："北上太行山，艰哉何巍巍！羊肠坂诘屈，车轮为之摧。树木何萧瑟，北风声正悲……"山顶上的曹公垒就是当年曹操两进上党时攻下的最后一座堡垒的遗址。

　　第三个峡谷是王莽峡。游王莽峡不到十八盘，就如略去了点睛之笔。十八盘是唐朝时人们为了沟通上党和中原地区的文化商业交流而在悬崖峭壁上人工开凿的。清代时被洪水冲垮。康熙年间人们捐资重新修建了古栈道，砌了一千多个台阶，如今变为林荫公路。朝代更迭，经年变迁的背景，让这路自然就有了某种浓郁的古韵，行走于此，人仿佛穿过时空隧道，漫步在云梯上。

俯拾皆是的传说使王莽峡变得意味深邃。此处有一个洞穴，传说是王莽追杀刘秀，刘秀藏身的地方。在西汉末年，王莽夺权，他追杀后主刘秀，一直从河南追到了这里。那时交通不发达，没法到他国流亡。刘秀逃到悬崖边，一隐身，神就地把他化为一块石头。王莽一路追杀到这里，东瞅西看，一不留神脚下一滑，就坠下了万丈深渊，他的心肝就挂在了悬崖峭壁上，日后就形成了心肝石。神话传说，神没意见，人就按着自己的价值取向如此传说了。

暖温带季风气候和相对落差较大的地势，使这一带降水充沛，所形成的多处高峡平湖，飞瀑泻涧、清泉碧潭，非常能给峡谷平添灵气和神韵。走在八泉峡，眼前时而有湍急高亢的河流奔腾而去，时而望见拿着慢板哼着小调的碧水缓缓地从鹅卵石上抚过。这时，你会觉得，那山那石那村庄，一切都是透明的了。就是在这一切仿佛都是透明的景致前，我们一行人却都困惑了。因为一个突兀而起的小山峰横亘在河流中间，却依然看见汩汩清泉在山脚下的石缝间奔流，听见哗啦啦的水声就在耳畔响起，我们或俯下身去或睁大眼睛，或拨开茂密的植物，就是找不到水从何方而来。本已陶醉的表情写上了疑问。我一向觉得人世间有许多事物都有自己的密码，不可探求，尤其在这恍若仙境的美景前，人的任何一种欲望指令的出现都显多余和渺小。我便开玩笑说，别找了，往天上看，水是从上帝的手掌心里流出来的。这一说，在我们抬起头的视线里，却看见一个翘着两根辫子的红衣少女，举着鞭子赶着她的牛行走在村路上。牛悠悠然，少女蹦跳着，阳光舞蹈在她的脚尖和鞭梢上。绿树掩映，村庄若隐若现，民居错落安详，恍若一幅巧夺天工的油画。

看着这个牧牛女孩儿，让我想起了另外一个女孩儿。她是我们住宿的壶关县宾馆餐厅里的服务员，长着一头乌黑的秀发，瘦削的脸庞白里透红，走路、上菜、说话，一切都那么安静，开口说话前总是羞涩地一笑。有一天中午，餐桌上出现了一道类似葱花饼的一种面食，椭圆形，黄灿灿中点缀着葱花的翠绿，入口脆软。因其脆，便超越了葱花饼软塌塌的平庸。其色香味俱全之程度，仿佛在它呈上来的一刹那，便发生了一场侵略……是它诱惑出了我们的大快朵颐，还是面对那么美妙的食物，我们未及给予欣赏的前奏？当时，大家齐刷刷地拿起了筷子，瞬间风卷残云。得承认，那一天，在美食面前，我们的矜持集体沦陷。后来，面对转瞬即逝的一盘食物，大家面面相觑……文化人嘛，曰：这是对食物的最好礼赞。

但请别忘记了，我们一桌人全是女性。今天的女人，无论多瘦，无论老少，都叫嚣着减肥，总有人吃这怕胖吃那也怕胖。但是，那一天的事实再次佐证，有很多东西可以随时征服人类。当时嘴被占着，没工夫说话，我们便忽略了饼的名称。

晚饭时，当女孩儿把若干碗当地的一种莫名其妙的食物——面条小米粥、学名喔喔饭呈上的时候，我们互相对望着，几近异口同声地说：小姑娘，还是上那个饼吧，就是那个特好吃的饼！也许是中午的饼香一直在我们的味蕾上萦绕回旋，我们七嘴八舌的声音，便显得迫切，夹杂着贪婪。再说，面对真正美好的东西，包括食物，语言就是苍白的。这种状况让女孩儿有点儿发蒙，很是局促。瞬间，她的脸急得通红，搓着手不知所措。几天来，我们发现当地有很多道菜，名称前边都有个山字。在这个关键时刻，我们中的一个人急中生智地引导说，就是中午那个特好吃的饼，应该叫山饼吧，对，就是山饼，一定请示一下，可否再给我们上一盘？

山饼，太妙了！就在我们为这个暴露着城市嘴脸的机智的"命名"雀跃时，女孩儿依旧配合以羞涩一笑。那一笑，连原谅都不准备包含，单纯极了，让人看到了纯天然的女性美。再想一想许多城市发廊里到处充斥着的脂粉脸，我真想建议女孩儿把自己的羞涩美和山饼都去注个册，免得日后被侵权。因为随着峡谷的名声越来越大，某种自以为是的喧闹也会降临到这里的。人们在很多时候不愿意尊重原生态的美，也并不懂得，有些东西让它拥有自生自灭的权利，就是最高的文明。

由那道美味的饼，我想到了山西的美食。相对于那些各大菜系，晋食是有些低调的，但其美味却常常给人带来惊喜，只一听那或雅致或形象的名字，就让人口水都即将流出来了，引人一探究竟。尤其是山西面食，历史悠久，源远流长，从可以考证的时间算起，至少有两千多年的历史，品种近三百种。据说一般的家庭主妇都能做几十种。我突然想到，至少听过好几位男性说过类似的话，无论大餐小餐，一顿饭最终若是不吃点面食，总觉得没吃好。大部分男性，尤其是北方男性多喜欢面食，这倒是事实。张爱玲有一句著名的话：通过胃，到达男人的心，通过最私密处，抵达女人的心。谁的话都未必是永恒的真理，但它能广泛流传，必是有其存在的道理。如果山西的主妇个个都可以有几十种面食的手艺，这是多强大的"武器"啊，很有可能从根本上征服男性。由此是否可以进一步得出这样的推理：山西离婚率会较低，家庭比较稳定。当然，我没有调查过。山西本就是一块爱情的土地，因它还以醋著称于世。

山西面食到了厨师手里，更是花样翻新，达到一面多样、一面百味的境界。比如碗拨孤儿、圪朵朵、拖鱼儿、忽突突、铲片片、螺丝、蒸圪搓、馏圪蚪、握溜溜、切板板、流流尖、和子饭、抿圪蚪、捏饻饻、河捞捞、搓鱼儿、掐疙瘩、圪朵朵、剔尖儿、刀削面、烙饼、蒸饼、煎饼、煮饼等，数不胜数。这些面食多以杂粮如高粱、玉米、豆面、土豆粉等制作而成，粗粮细做，细粮精做。无论从品种花样，还是作料搭配，都堪称一绝。

峡谷女孩儿纯朴，峡谷人家厚道。峡谷的夜格外黑，星星格外亮。晚上十点多，当我们漫步到一户深宅大院的门前时，有人突发奇想说，我们能不能试着敲敲门，进去看看他们的生活过得怎么样？马上有人反对说，这么黑的夜晚，什么事都可能发生，谁会给你开门？哪料，门声刚响起几下，里边就有人迎迓着来开门了。把我们七八个人让到屋里的老大娘，和善慈祥，问啥答啥。她家住的是两层楼，窗明几净，一派安居乐业的景象。出得门来，往山上走，甚至让我们感到惊奇了，家家户户的门都是或虚掩或敞开，完全夜不闭户。民风可见一斑，也说明这里的人们生活得放松安逸。

在此，也许我们有必要再追溯一下相关的人文背景。太行山大峡谷因地势险要，悬崖绝壁，曲折蜿蜒，自古就是兵家必争之地。据《尚书》记载，周文王姬昌率兵因攻占了梨城（今壶关），才直逼商朝国都朝歌；刘向《新序》记载，春秋时期，晋文公重耳多次经大峡谷东出白径羊肠坂道，争霸中原；司马迁《史记》有载，战国七雄争斗，也每每以大峡谷附近为古战场。由此可见壶关县的历史之悠久，古人虽爱把这里当作战场，而今的壶关人却并未继承古人打斗的遗风，他们弯下腰朴实地创造财富，挺起胸膛磊落地做人。当地的乡长介绍说，这里几乎从没有发生过偷窃或其他社会恶性事件。这应该是对峡谷人家民风纯朴的一个最好的明证。

也正是由于太行山如此的地势，使其不太可能成为商贾囤积之所在，商业的发展就显得欠缺，所以壶关县目前依然是国家级贫困县。但走过太行山大峡谷以后，我丝毫也不觉得这里贫穷，片面强调物质财富的充盈就是发达是世俗的。难道那美妙绝伦的峡谷风光，那善良质朴的民风，不是这里最可贵的财富吗？而随着旅游业的开发，太行山经济的发展指日可待。那特有的自然财富终将为峡谷人家带来更全面富足的生活。

梦幻与现实的交织

这是七月的酷暑天气，一天多的时间，我们马不停蹄地行走在内蒙巴彦淖尔的大地上。这本应是一个绿色繁茂的季节，一路上，却不时有荒山沙漠闯入眼帘，加之烈日当头，让人感觉仿佛皮肤也像这干燥的土地一样，正一寸寸地皲裂开来。但是，近了，近了，当乌梁素海像梦一般缥缈在视线的尽头时，你立时感觉到湿润清新的空气扑面而来，心旷神怡之感油然而生。

远远地望去，乌拉山山脉蜿蜒着向远方伸展开去，北麓的乌拉特草原一望无际，草木茂盛，这才是当之无愧的内蒙古草原啊。视线再收回一点，碧波荡漾的乌梁素海就尽收眼底了。逶迤的山脉、奔放的草原、鸟鱼雀跃的湖面交相辉映，浑然天成。孔子说：智者乐水。人因临水而居而智慧，而山与水相依也便有了灵性之魂了。我尤其对久远的水充满敬意，那内涵的灵性总会使所在区域产生非凡的地理意义。没有乌梁素海这一片水域的滋养衬托，何谈成就出内蒙古九大草原之一的乌拉特草原？而乌拉山山脉也必然沦为平庸了。那山那水那草原构成的图景，完全是朦胧的诗篇，是立体的油画，更是交响的乐章。不，当你从陶醉的情境中醒过神来，眼界再放得宽广些，把这一美丽的图景置于周边茫茫的大漠背景下去审视，你会觉得所有的形容词在此都变得苍白无力了，你只能发出一种文艺的感慨：这一切都是上帝的手笔。

美丽，这当然还称得上是一片自然的美丽风景。

当我们一行客人沉醉在美景带来的兴奋中时，陪同的当地人却恰恰相反，他们的眼神和表情流露出的都是黯然神伤。

为什么？

在我大而化之的印象中，内蒙大地上的那一方人，骨子里都有着彪悍深沉的性情特质，讷于言而敏于行。此刻，面对这个问题，他们的语言似乎很久以前就在唇边蓄势待发了。丰沛的语言是被正在发生的危险事物所激发，描述的是潜伏在他们心底的忧伤……

他们说，是的，乌梁素海还依然美丽，可今天的美丽与多年前完全没有可比性。那时，不但美景磅礴震撼，生态环境状况也是赏心悦目的。而今，水质属于劣质五类，水域面积、草原面积也已经被缩小无数个型号了，由几十年前的一千多平方公里，变成今天的两百多平方公里。如果无法遏制，以这种趋势发展下去，再过一二十年，被称为"塞外明珠"的乌梁素海也许将不复存在。如此，其对当地乃至周边广大地区的民生、经济、环境、生态甚至政治等都将产生无可估量的后果。

怎么能是这样？

乌梁素海是中国八大淡水湖之一，它是全球范围内荒漠半荒漠地区极为少见的具有生物多样性和环保多功能的大型草原湖泊，也是地球同一纬度最大的湿地。2002年，即被国际湿地公约组织正式列入国际重要湿地名录。它不仅仅属于内蒙巴彦淖尔，更属于中国，属于世界，属于地球。

我们的神情凝重了，我们的心收紧了。

因为这不是危言耸听。

沿着岁月尘封的隧道探寻，历史之音还在回响，昔日的乌梁素海依然在老一代人的记忆中辉煌着。追溯它的渊源，你会为今人的恐慌找到明证，那也是科学的依据……

关于水的记忆和使命

追溯乌梁素海的历史，得先品读巴彦淖尔。

巴彦淖尔，蒙古语意为"富饶的湖泊"。地处祖国北部边疆，内蒙古自治区西部、黄河"几"字形顶端，境内湖泊资源较为丰富，有大小湖泊三百多个，多数分布于河套灌区。

灌溉农业是世界上常见的生产活动之一，而河套灌区是我国古老灌区之一，其发展历史就是一部河套人民与水相伴相克相生的历史。说到水，必然少不了长江与黄河。在历史上，单从某一方面说，似乎长江多有欢愉和慈悲的品质，使人类受益更多，沿途多是鱼米之乡。相比而言，黄河对它两岸的人民却不时发威，制造可怕的灾难，对人帮助很少而伤害很大。而在河套地区，人们却更多受益于黄河，黄河水是河套人赖以生存的重要水资源。河套平原素有"塞外粮仓"的美誉，很多年以前，黄河上还没有什么水利工程设施的时候，就流传着这样的民谣："黄河百害，唯富一套"。水是河套人生产生活中的重要元素，他们从避水到逐水，从引水到节水，在漫长的岁月中，创造了辉煌灿烂的水利文化。

世世代代，波涛奔涌的黄河水流进了广袤的河套平原，千里牧场得到滋润，万顷良田得到灌溉，禾丰牧昌。河套地区的经济发展和文明进程，与水息息相关。水利兴则河套兴，水利废则河套衰，这是有历史传承的。史载，秦始皇统一六国，建立了中央集权的封建王朝后，便派大将蒙恬率三十万大军北击匈奴，夺取今河套地区，在黄河沿岸开垦土地，引水浇田，由此拉开了河套农业开发的序幕。汉武帝时，实行了更大规模的移民支边，在河套地区进行农业开发和兴修水利。使河套曾一度出现"牛马布野，人民炽盛"的繁荣局面。在历史的进程中，河套历史上都有屯垦兴农的记载。新中国成立后，第一次修筑了黄河防洪堤和黄杨闸；之后1958年至1962年间又完成了黄河三盛公水利枢纽工程和黄河左岸总干渠开挖工程，由此揭开了河套水利建设史上的崭新一页。1965年至1975年间，河套灌区又掀起了以改土治碱为中心的排水工程建设高潮，沿阴山山麓开挖、疏浚了约四百华里的总排水干沟，在河套水利史上写下了光辉的篇章。改革开放年代，河套平原上又进行了以排灌配套和农田建设为中心的第三次水利建设，全面实施灌水渠、排水沟、农田路及农田林网的配套工程，由此绘制出了河套平原的新格局。

水兴一方。在河套地区，离开水，何谈兴农兴牧兴林，何谈打造出富足之乡？而在这里说到水，就必然要说到乌梁素海。

乌梁素海位于巴彦淖尔市乌拉特前旗境内，地处呼和浩特、包头、鄂尔多斯三角地带的边缘，形如月牙，似蓝宝石般镶嵌在狼山与乌拉山之间。

关于乌梁素海，有一个传说在民间世代相传。早在一千多年前，现在的乌梁素海中心是唐代边塞的一个重城，名叫天德军城，城内商道四通八达，也是与蒙古通商的主要道路。据说当年唐军主帅吴金贵进驻天德军城后，整天花天酒地，滥杀无辜，无恶不作，城中乌烟瘴气，人民怨气冲天。玉皇大帝知道后，令鳖仙下界，惩治贪官，造福黎民百姓。鳖仙下凡后，变化成人，进了天德城了解民情。看见城内贪官确实干尽坏事，鱼肉辖区百姓，民不聊生。鳖仙就想放出百姓，淹死贪官污吏。但由于它嗜酒如命，在了解民情时多喝了几盅酒，挡住了黄河水后就睡着了。醒酒后，城内百姓也都被淹死了，大片良田变成一片汪洋，就这样，乌梁素海形成了。鳖仙知道自己犯了天条，不敢上天复命，便藏到深水处躲起来。鳖仙下水的地方后来叫做龙台，现在仍然是当地一个村庄的名字。传说在好天气时，还能看见鳖仙晒太阳，约有磨盘那么大，外壳闪闪放光，五光十色，十分壮观。然而鳖仙从不伤害好人，有胆大的还敢潜入摸它的外壳，人们传说，凡是摸过鳖仙者，人财两旺。还有的传说，好人如果夜间出海迷了路，鳖仙就会放射出一道光，在前引路，直到你平安回家。坏人如果划船下海捕鱼猎鸟，鳖仙则会掀翻船只，叫坏人溺死海水之中，葬身鱼腹。

一切能够流传下来的东西，都必有其存在的价值。也可以说，这并非仅仅是一个神话故事，其所内含的文化取向是很耐人寻味的。惩恶扬善也是今天的巴彦淖尔人乃至更广泛地区的人们所向往的。

当然，传说只是传说。事实上，乌梁素海，其蒙古语意为"红柳之海"。几百年前，这里曾生长着茂密的红柳林，有过河域，出现过沼泽和沙滩。后来黄河多次改道，淹没了土地，红柳便销声匿迹了，形成河迹湖。最早的黄河沿狼山南侧的乌加河做主流东流，后因地壳隆起，黄河受阻急转南流，冲出一个较大的洼地，这就是乌梁素海的前身。以后，由于风沙东侵等因素致使河床抬高，乌加河被泥沙阻断，河水溢流到洼地形成了乌梁素海，而黄河主流被迫改由南侧东流。清末，河套平原先后开竣几条大灌渠，灌溉渠道尾水汇入乌加河，流积乌梁素海。二十世纪三十年代，黄河数年水涨，后套多次被淹，后套灌区入海退水量大增，周围又修建起许多防水堤，水流不畅，被称为乌梁素海子的水面逐年扩大，到四五十年代，水面最大时达到一千多平方公里。

这是自然形态的乌梁素海。行走过巴彦淖尔的土地后，知道这里的农牧民人均纯收入近一万，收入虽说单一，但也超过了全国和自治区的平均水平，让这里成为全国著名的河套平原，是国家重要的粮食生产基地。在巴彦淖尔，所到之处，都能让人感到一种安居乐业的祥和。可以说，农牧民都是靠水过上了相对的好日子，我也因此明了丰富的水资源之于这块土地的重要性。

是水，完成了富裕一方的使命，其中乌梁素海功不可没。仅此而已吗？当然不只这么简约。在此，乌梁素海之于其中的重要功能和意义必须得到强调。

作为黄河流域最大的湖泊，乌梁素海的主要功能是我国北方地区重要的湿地生态屏障，是内蒙古河套灌区的排泄区，是我国重要的生物多样性功能区，是区域水生态系统的缓冲区，更是黄河流域重要的调节库。

童话时代的乌梁素海

我曾经听到过一句话，说二十世纪八十年代前，苇青、水碧、鱼肥、鸟欢这八个字是乌梁素海的真实写照。但当我接触了乌梁素海的几位准原住民后，便觉得那种描述多少是有些简陋的。

几千或几万年前，就有先民在乌梁素海处繁衍生息。他们狩猎、放牧、稼穑自食，醉心于原生态的生活遗迹至今也不难寻到。到二十世纪五六十年代，从河北白洋淀迁来一批批渔民。他们的到来，打破了原住民们田园牧歌式的生活，这也是出现在乌梁素海最早的渔业。自此，人们的生活、生产甚至思想意识都在重新结构，在一点点地改变着轨迹。

张长龙随父母迁到这里时，还是一个小顽童。他们举家迁徙到大漠草原来的理由非常简单，据说乌梁素海里的鱼成群成堆，品种繁多，可当地人竟然不会打鱼。跟鱼舞蹈了半辈子的父亲听到这儿，眼睛立马亮了，亮到一闪一闪地放光。想到鱼或者想到更多的鱼就兴奋，这完全是一个渔民下意识的反应。就是顺着这种下意识的指引，他们来了。

说起童年的生活，张长龙的眼神缥缈起来。那缥缈的世界里到底曾是怎样美妙的生活？竟然瞬间就战胜了纵横在他脸上的皱纹和沧桑，让一个已过知天命之年的男人，脸上呈现出了大面积的幸福神情。特别是在当今时代，同等类似的神情多么稀有啊！

让我们截取他记忆中的些许画面，分享他的美妙感受。

他们一家人对乌梁素海的第一感觉是，这哪里是一个湖，完全就是大海啊。水天一色，烟波浩渺。水中的芦苇，一丛丛或一片片随风摇曳，像是一个个绿色的岛屿。远看湖面，黑压压的一片，像是塘上残留的荷蒂或海藻。来到近前才看清，原来水面上都是鸟儿，遮天蔽日，飞起来你推我搡，遮住天空，落下来，把水面盖个严丝合缝。较多的比如黑色的是野鸭，一群群在水面上漂游欢叫，叫声此起彼落；白色的是白鹤，一群群或休闲凫水，或展翅翱翔；颜色斑斓的鸳鸯成群结队，毫不掩饰它们的相亲相爱。至于其余的大部分鸟儿，连当地人也叫不出名字来，太多太多了。

可以说，那时的乌梁素海更像是被鱼和鸟主宰的世界。鱼鹰云集，或翱翔在天空，或向水面俯冲下来，叼起一条亮晶晶的小鱼再向天空冲去，有时小鱼会从鱼鹰的嘴里掉到水面。真不知鱼鹰是在捕食还是在嬉戏，也或者是小鱼很肥，体重超标，超过了鱼鹰嘴部之承载力，抑或加之鱼的求生本能，总之，小鱼不时能逃离鹰嘴，鱼鹰也并不追究。叼和被叼，都是生物链上的环节，但过程并不惨烈。它们面对关于消失还是存在这样残酷的问题，状态从容休闲，这至少说明两点，其一，它们不经常遭受侵犯，没有压力；其二，它们的生活完全顺其自然吧。从鸟和鱼的游戏中，反映出那一时期的生物情状，以自然占主导地位，生态文明程度较高。这种鱼和鸟的逗趣场面，在张长龙的记忆里俯拾皆是。

钓鱼、捉鸟、拾鸟蛋是孩子们的主要业余生活。作为水边长大的孩子，张长龙的水性当然了得。那是一个夏天的午后，天气很热，放了学来到湖边，他和一群伙伴把书包往岸边一甩，就都哧溜溜地钻进了水里。烈日炎炎，水，当然是避暑的最佳去处。当游到一个芦苇荡时，就听见有幼鸟急促的叫声，他拨开芦苇，看到一只腿部受伤的小苍鹭正焦虑地东瞅西看，眼神里流露着惊恐与哀伤。它显然是不慎与妈妈走失，可能其间还受到了敌人的攻击，腿部被撕裂流着血。见到人，小苍鹭并不躲闪。张长龙停止了玩耍，小心翼翼地把受伤的鸟儿带回了家。从这一天开始，他每天放学后就拿着麻绳去河边钓最小的小鱼。因为小苍鹭太小了，细细的小嗓子眼儿还咽不下去大鱼。经过两个多月的精心养护，小苍鹭不但养好了伤，还茁壮地长成了大苍鹭。它羽毛洁白，双腿健硕，天天扬着长长的高傲的头颈在院子或村子里走来走去。每每快到放学时间时，它就走到村口，等在一个固定的地方，接张长龙回家。一人一鸟，一前一后，走在村庄里，成为一道别致的风景，演绎着一个真实的童话。张长龙和他的伙伴们从来没养过什么阿猫阿狗，他们的宠物就是各种各样的鸟儿。苍鹭毕竟是候鸟，它的天性是无法改变的。秋天的时候，它忧伤地飞去了南方。第二年、第三年，它虽然没有再回到张长龙的生活里，但它却不时闯进他的梦里，在他回忆的天空里翱翔。

看到自己悉心养大的鸟儿飞上乌梁素海的天空时，张长龙并没有伤感。天高地阔，蓝天白云，鸟儿除了选择展翅和歌唱，它还能做什么呢？

说起拾鸟蛋，张长龙用到了一个字：搬。搬什么呢？天鹅蛋。那时的一个天鹅蛋有八两到一斤左右的重量，一个孩子他不用双手去搬还能有什么选择。

写到此，我想起了自己的童年，在家长和自己要强性格的双重压力下，天天就是老黄牛般学习学习再学习。和张长龙相比，简直没有童年，真让人悲从中来。当然，在一个应试的教育体制里，和我同等遭遇者定是大有人在。这是题外话。

乌梁素海是鸟的世界，鸟大多数可以选择飞走。这里更是鱼的乐园，鱼乐后却最终都要服务于人类的。

五岁就随父母从白洋淀迁来的王永祥，现在担任乌梁素海管委会工会主席，他的父亲王满堂曾是远近闻名的打鱼高手。他讲的关于鱼的故事从另一个角度诠释了曾经的乌梁素海生态环境之良好。

那时，乌梁素海每年可产鱼八百多万吨，纯野生，鱼种繁多，有鲤鱼、鲢鱼、赤眼鳟、瓦氏雅罗鱼、鲂鱼等，以黄河大鲤鱼最为著名，三斤以下的鱼根本不会捕捞。最大的鱼有几十斤，像一头小肥猪，肉质肥美。以那时的捕鱼技术，一网下去，即可捕获二十公斤左右。活蹦乱跳的鱼被撒上盐，装到骆驼背上，运往城市。虽然这些鱼抵达城市后，难免变成了咸鱼，但据吃过的人讲，其美味程度即使现代人莫说展开味觉就是展开翅膀拼命想象，结果将依然是难以想象的。

而现在，巴不得连鱼孙子都往上捞了。作为打鱼世家的后人，王永祥最担心乌梁素海的鱼种退化甚至灭绝。阿日旗的原住民郑村长是这块土地上真正的牧民，言语不多。当他描述几十年前的生活时，眼神上飘忽着马头琴曲般的忧伤。

那时，他家有上千只牛羊，漫山遍野，他必须骑马放牧。草有一米多深，有的牛吃累了犯懒，就地卧倒休息，一下就被草遮住了，半天找不到。若真丢掉一头牛肯定要受大人指责的，所以这是他童年的一个很大的烦恼。虽然他一个人管理一千多只牛羊，却很轻松，因为放牧一天，它们早已水足饭饱，圈回家，牛羊们安然就寝，他一天的工作也就结束了。

现在，他家只有两百多只羊，因响应政府号召，只能豢养。饲料都要去买，还得雇一个工人，成本很大。当年，因牛羊遍地，大部分老鼠都葬身在牛蹄之下，现在，草原上有越来越多的老鼠在横行，啃噬草根，破坏性极大。环境变迁，一个牧民的传统生活方式已被颠覆，虽然生活也还富足，但草原环境的恶化，却让他心里的担忧与日俱增，这是一个牧民与生俱来的担忧。繁茂的草原、原有的生活都正在一年年渐去渐远，他原地未动，为什么却失去了家园……

渴望还原一个真正的湖泊

乌梁素海的兴衰历程存在其偶然性和必然性。总之，是事出有因。

乌梁素海生态恶化的因果主要有三点：一是历史欠账多，缺乏有效保护和治理；二是工业废水、城镇生活污水大量排入，带来污染；三是大量农药从土壤和水中回流到湖里，湿地生物多样性受到破坏。如此的水环境使一些鱼类被毒死，鸟类难以栖息繁衍。

很多因素造成水质为劣五类，劣五类水滚滚向前，直接威胁黄河水系安全。近年因乌梁素海水变质即引发多起黄河水污染事件。灾难非但如此，环湖山洪携带大量泥沙汇入，加快了乌梁素海的淤积和沼泽化进程。据测算，乌梁素海因水草腐化沉积，湖底每年被抬高大约一厘米。目前，偌大一个淡水湖泊，最深处仅两米多，平均水深更是只有一米……

事实已然如此，怎么办？

社会发展必然伴随着代价付出，这是哲学话题。世界上没有绝对好或坏的事情，人或者人类的行为不可能都那么准确。关键是，问题出现了，要找出解决的办法。

在此，我想起了一个关于美国前总统罗斯福的故事。罗斯福政绩辉煌，在任期间，经济得到迅速发展，国力强大。1907年1月，《华盛顿晚星报》自豪地说，我们是世界上最富有的人！该报兴致勃勃地报道说，在罗斯福时期，美国每年经济增长四十六亿美元，每天是一千二百六十万美元，每小时是五十三万美元。

而在那个"镀金时代"，假药横行，伪劣食品更是数不胜数。

有一天，罗斯福在白宫边吃早点边读纪实作品《屠场》，里边有这样的描述：食品仓库里垃圾遍地，污水横流。坏了的猪肉被搓上苏打粉去除酸臭味，毒死的老鼠被一同铲进香肠搅拌机。有些肉就乱丢在地板上，和垃圾、锯末混在一起，一任工人们在上面践踏、吐痰，留下成亿的肺结核细菌。

读着这些令人作呕的段落，总统大叫一声，跳起来，把口中尚未嚼完的食物吐出来，又把盘中剩下的一截香肠用力抛出窗外。

那一刻，罗斯福已痛下决心，要保护人民的胃，尽快整顿美国食品加工业和药品市场。

经过一段时间的酝酿，1906年，具有历史性的《纯净食品和药品法》以六十三票对四票的压倒性多数获得通过。此前十六年间，由于白宫支持乏力，加之食品加工业的阻挠，相似的努力都是以失败告终。不久，《肉制品检查法》也顺利出台。消费者很快露出了满意的笑容。作为总统，罗斯福站在社会稳定的角度看待食品安全问题。他觉得，如果这个问题不得到有效解决，民众就可能会逐渐失去对政府的信任，更为严重的社会问题将会随之出现。

在乌梁素海的污染问题刚露出端倪时，就引起了当地各方的高度重视。因为巴彦淖尔人深深懂得乌梁素海生态建设的重要性和治理的紧迫性。

关于地球何时毁灭的问题，阿尔伯特·爱因斯坦的意见是："等等看吧。"

巴彦淖尔人骨子里的血液是奔腾的，他们怎么能等待呢？

只近年，他们围绕乌梁素海治理与保护就开展了一系列工作：引入黄河凌汛水和利用秋季丰水期进行生态补水，置换水体，提高海区水位、增加库容。对工业废水、生活污水、农田退水进行治理，通过一系列方案试图从源头上杜绝对乌梁素海的污染……

相信不远的一天，碧海蓝天、鸟鱼嬉戏的童话般的乌梁素海必将重新呈现在人们面前。

写意旬阳

　　火车驶离西安没多久就钻进了山洞，这一钻就是三四个小时，穿越重重秦岭，仿佛进入了无际的时间隧道。在经过那些宽宽窄窄的山洞的瞬间，车窗外会哗地一亮，恍如唐宋元明清时的某一缕古代时光漏进了车厢，木然的神经忽然一惊，待下意识地往外一偏头，还没看清窗外的天光是何等颜色时，眼前就又是黑隆隆一片了。

　　我们一行人在位于陕南的旬阳县城下了火车，植物的清香扑面而来，让人顿感神清气爽。脚下踩着石子儿，胳膊碰了挎着篮子卖农货的妇女，她并不急于向你兜售什么，只是祥和地笑。天空湛蓝，蓝得刺目，人却不敢放肆地抬了头去，恐鼻子尖儿碰了那山。那山就在眼前，海拔不高却显得巍峨，原来这火车站就建在山脚下的。出了站台，出租车夫和介绍旅馆的商贩们也在吆喝生意，却吆喝得甚是有分寸，更像自娱自乐，绝不簇拥而上去拉客。

　　加之在隧道中穿行得久了，感觉这里一切都是那么宁静，日子仿佛戛然而止了。

　　站在山巅环视，旬阳的地理形态尽收眼底。旬阳县城位于旬河与汉江汇合处，旬河在流经县城的一段呈S走向，将老城与新城切割为两个半岛，自然构成了一幅形象逼真的太极图，所以，今天的旬阳县城又被称为旬阳太极城。放眼望去，山连山，山环山，层层叠叠的群山深处，竟然出现了一方平原，一座城市有滋有味地在那里繁荣着，这几乎令人要发出一种惊叹了，怎么看都像是天意。

在浩渺的历史云图中，是可以觅见旬阳踪迹的。北周时期，当时的洵洲（治今旬阳县城）长吏寇奉叔就在其任内"砌石为城，营构楼堞"。现存于老县城龚家梁的文庙就始建于明代，还有诸多散落在旬阳境内的久远古迹，都证明了旬阳历史之悠久，是颇具文化深意的。

蜀河古镇就是一个典范，它位于蜀河西岸。或宽或窄的青石板路伸向每一户人家，这是哪个世纪留下的路？一截残墙一扇黑漆厚重的门，都在透出斑驳的古风古韵。走在这里，你的脚步会不自觉地轻抬轻落，恐惊起那潜伏在石缝里的时光。这个古镇与直白地矗立在广袤土地上的村庄风格大有不同，家家户户都房挨房，墙挤墙，由此可以窥见这里当年的寸土寸金之峥嵘了。房屋看似老旧，却随意间就会在廊檐或墙壁上发现精雕细镂的建筑痕迹，这能让人想象出它当初的体面。

蜀河系汉江一级支流，与汉江在镇前交汇。当年的蜀河口地处水陆交通要道，旱路有通往西安的骡马大道，在清代和民国时期，是陕南东部重要的水陆码头。那时，蜀河上帆樯林立，喧声遏云。岸上商铺比肩，商贾云集，经济繁荣，极一时之盛，享有"小汉口"之美誉。各地商贾中的同乡可能是为了凝聚自己的人际资源，纷纷修筑会馆，如陕帮的三义庙、黄帮的黄州馆、船帮的杨泗庙、回帮的清真寺等。今日尚存的黄州馆虽已破败，但还相对完整，重檐飞翼，雕龙画凤，完全是宫殿般的建筑风格。步上高高的台阶，眯缝起眼睛，只要稍加一点儿想象，你就能瞄出其雄浑高大、巍峨逼人的气势了。

蜀河古镇哪是寻常小镇呢！到底怎样的不寻常，你就是抖开整只的胆，也难以想象出它当年的辉煌。那时的商人有多讲究，为了老乡聚会，就舍得花巨额银圆，修个宫殿般的会馆搁着，一斑可窥全貌啊。

当我们来到红军乡碾子沟时，眼前出现的却是另一番别致的景色了。这显然是一条壮阔的沟壑，称得上险要。葱茏的树木见缝插针，两边的石崖上也有它们的身影斜悬向空中，沟底堆砌着大大小小的石头，千姿百态，是默默的语言，不知在诉说什么。我一向觉得，古老的树和久远的石头都是有灵性的。这里有一些巨大的石块竟然尖头朝下而立，以如此疲累的姿势经年矗立，显然不是它的本意。千年万年前，是山崩抑或海啸，总之，定然是一种波澜壮阔的超力量，才使它们停滞得如此仓促。它们记录的是大自然的变迁。

最惹眼耀目的是那漫山遍野的红绸布，或系在树木间或挂在沟崖上，横亘交错，没什么章法，就一个字，多。抬头往哪个方向望，眼睛都得给晃回来。这景色显然有着丰沛的人类色彩了。

原来，红军烈士墓，习称"红军老祖墓"就在这里。那些或经过风雨侵蚀已发白的或鲜艳夺目的红绸布，都是人们以祭奠红军来寄托自己的某种心愿系上去的，这里有一个感人的故事。

1935年10月，红二十五军与国民党军队在今红军乡佛爷庙后山展开激战，因敌强我寡，又事出意外，一位姓高的指导员与一位尚姓班长不幸牺牲。在当地农民的帮助下，两位烈士被就地掩埋。由于红军在驻扎期间给贫苦农民以多方面的帮助，尤其是高指导员擅长医术，治愈了很多生病的穷人，被当地群众称为医官，声望很高。他牺牲后，人们发自内心敬仰怀念，并传言他得道、显圣，专为穷人治病。在当时贫穷落后偏僻的背景下，这样大慈大悲的好医官迅速就在老百姓的心中蹿升成偶像，奉若神明。由此一传十、十传百，以至方圆数百里的群众一遇到灾难病痛就前来焚香燃纸，跪拜祷告，祈求红军保佑平安。久之相沿成俗，人们不约而同敬称红军烈士为红军老祖。显灵的一个典型事例是，有一林姓农民腿长恶疮，久治不愈，他便向红军老祖祷告许愿。就真的出现了奇迹，他的腿很快好转。消息传开，信奉的人越来越多。如今每年来拜谒红军老祖的有几万人。

有关革命烈士的故事千千万万，被尊成神来信奉的肯定不多。我在想，这件事具有相映生辉的质地，它同时更反映了这里的人们是何等的仁德敦厚。碾子沟常年香火不断，使红军烈士墓具有了浓厚的宗教意义，这未尝不是对先烈最好的恭敬和缅怀。

逗留旬阳两日，走马观花。一日，我们在可以鸟瞰旬阳全景的一个度假村吃农家饭，主客都颇尽兴。当地的父母官隆重献上一曲地道的陕南民歌后，一石激起千层浪，气氛更加热烈。服务员把菜往桌子上一放，后退一步，那道精神大餐就冲出了喉咙。在这里，陕南民歌好像人人都是张嘴就来。客人们疑惑了，怎么，这是专门培训的吗？服务员腼腆一笑，我们这是响应县委县政府的号召，全民学唱民歌。旬阳人民多会生活呀，在歌唱中生活的日子是惬意的，同时也是对本土文化最有效的一种传承。

是感性使然还是自然如此，感觉旬阳的诸多景点大多呈原生态，山、水甚至人，皆是。

离开旬阳的前一天晚上，我们几个人去茶馆闲坐，找一临窗位置坐下，徐徐的清风一吹，窗外的细竹立马婀娜起来，窗外诗情画意，窗内谈笑风生。那一刻，我感觉自己有些飘浮的心立时安静下来，复归到了它的原位……

世博园掠影

因出差之便，我们一行人来到上海世博园匆匆一转。

我们从浦西入口进园。浦西区大多是企业展馆，因时间有限，大家一致同意还是按原计划参观位于浦东区的国家馆。乘轮渡几分钟后，我们就置身于浦东展区了。之前，听说许多场馆都要排队进入，今日亲临现场，果然如此。放眼望去，各个国家的展馆错落排列，风格迥异；单看展馆的外观，就让人有进入一探究竟的愿望。多数展馆前都是人头攒动，密密麻麻地呈几个Z字形排成曲曲弯弯的队伍。经大家商量，干脆哪里不排队就去哪儿参观。翻开刚进园区时领取的免费地图，我们发觉当前所处的位置离世博轴很近，便决定乘一站园区免费班车，先去那里看看。可等了三趟车，只有两人挤上去了，人太多了。其他人只好步行到前方集合。

中国馆：夺目与磅礴

世博轴处于浦东世博园区中心地带，外形酷似擎天大伞，是园区空间景观和人流交通的主轴线，也是园区最大的单体项目，为半敞开式建筑。它左右分别连接中国馆、浦东主题馆群、世博中心和世博演艺中心，这五座建筑有着"一轴四馆"的合称，是一个大型商业、交通综合体，也是世博会后将永久留存的建筑之一，未来将成为上海的新地标。大家集合后顺着世博轴前行，没一会儿，分外耀目的大红色中国馆便赫然呈现在近前，它造型奇特，由上至下逐渐收缩，架空的设计，是运用中国传统建筑中的梁柱结构塑造出的斗冠形状，寓意东方之冠，鼎盛中华，也似一个倒置的篆字中国印，华美庄重，威严耸立，气势磅礴，不愧为凝聚了中国元素，象征着中国精神和文化的宏伟建筑。其周边的景观设计具有中国江南园林风格，风韵典雅，意味盎然。大家瞬间都兴奋起来，尽管走到近前首先映入眼帘的是一个醒目的标牌，上书预约排队。就是说之前没有预约的，连排队的资格都没有。但这丝毫也没影响我们的兴致，大家啧啧称赞着，选各种角度不时按下相机快门。

我特别感兴趣的是，之前了解到中国馆内展出着两幅各具特色的《清明上河图》；一幅是明代仇英版的，另一幅则是张择端版本的电子投影。

《清明上河图》被称为我国宋代生动鲜活的百科全书，而此次展出的后者，据说画面上的人物活灵活现，很有身临其境之感，令人向往。

亚洲馆：自然与多元

进园前做过些关于参观世博园功课的人建议说，一些亚洲馆不需要排队，我们便前往亚洲馆。亚洲共有四十五个国家参展，它们各具特色，各有主题。

当我们来到A片区的亚洲联合馆一时，大家再次有些兴奋，因为这里还真不排队。进入馆内，自然和多元文化的气息扑面而来。比如东帝汶馆的主题是：和我们在一起，和自然在一起。展馆借用现代科技手段展示了东帝汶美好的一天：清晨朝霞璀璨，正午阳光明媚，傍晚红霞满天。人们日出而作，日落而息，耕种、捕鱼，生活恬淡悠然。

从亚洲联合馆一出来，我们又相继参观了相距不远的乌兹别克斯坦馆、以色列馆、斯里兰卡馆、尼泊尔馆、越南馆、摩洛哥馆等，这些亚洲国家馆都是独立成章的，有的即使排队，速度也很快。它们有的是展出实物，有的是放映数字影像。在斯里兰卡馆的中间位置，有一个工匠坐在高高的制作台上，正在一丝不苟地打磨宝石，引来许多参观者驻足。

在亚洲馆区，比较吸引人眼球的巴基斯坦馆以1:1的比例复制了著名的拉合尔古城堡，这座极富传奇色彩的城堡是沙·贾汗国王为其王后建造的，在巴基斯坦的地位犹如中国的紫禁城，非常珍贵，其古朴的风格让人感觉仿佛穿越时空，回到了十六世纪的沙漠古国。而被称为沙漠中的花朵的阿联酋国家馆真正以沙漠为主题，外观如同高耸的沙丘，在阳光的照耀下，不锈钢面板会变幻出沙漠中特有的红色热浪，真实地展现阿拉伯半岛的沙漠风情，从不同的角度欣赏，还能感受"风吹沙动"的真实效果。阿联酋馆与巴基斯坦馆恰好相邻，一金一黄的组合，营造出沙漠的神秘感。可惜两馆排队较长，未能进入。

非洲馆：热烈与神秘

非洲联合馆是上海世博会十一个联合馆中规模最大的一个，有布隆迪、多哥、厄立特里亚、佛得角、刚果、几内亚等四十三个非洲国家和非盟国际组织在此进行展示。非洲联合馆的外形是一个规则的立方体，在其外表上，合欢树、沙漠、海鸥、长颈鹿等明显的非洲元素一一呈现，勾勒出非洲大陆的别样风情与风貌，将古老的非洲文明抽象地展示出来。走进非洲馆，迎面而来是一幅巨大的人脸雕像群，被称为"非洲的微笑"，其中最大的一张笑脸名字叫鲁西，她是在埃塞俄比亚发现的三百万年前的人类化石，应是人类共同的祖先。她这张脸会通过多媒体的形式投放上去，从远古时代猿人的脸逐步过渡到现代人的微笑。蔓延出去的是血脉，很像树蔓，表现了人类生生不息的旺盛生命力。在时间跨度上是从远古到现代来传递，从空间上是从非洲辐射到全世界。

走进非洲馆就仿佛进入了一个浓缩的热带非洲大陆：广袤、狂野、神秘、热情。

博茨瓦纳是非洲经济发展较快，经济状况较好的国家之一，钻石储量和产量均居世界前列。丰富的动植物资源和钻石开采的全过程是该国在上海世博会上最主要的展示内容。位于非洲南部的内陆国家津巴布韦是一个历史悠久、文化古老的国家，迄今境内仍然遗留着许多古代历史遗迹。津巴布韦人以古代文化遗址——石头城为荣，不论从国名、国旗、国徽和硬币上，石头城都被当作这个国家和民族的象征。在世博会上，津巴布韦馆也将石头这一符号发挥到了极致，整个展馆全部由石头打造，其形态也是模仿了津巴布韦著名的大卫石头城遗迹。

非洲联合馆内还设立了中央舞台、专题展区、非洲集市等公共区域，把各个国家的独特性和整个展馆的统一性完美地结合在一起，向人们展示的是原汁原味的真实非洲。位于非洲联合馆东西两侧的非洲集市，用于集中售卖参展方千里迢迢带到中国的手工艺品，比如石雕、木雕、草编竹篮、用牛骨雕刻的耳环、项链等，价格从几十元到几百元不等。

非洲联合馆的特点，不在于高科技，也不在于新概念，它的本色呈现更耐人寻味。通过世博护照盖章这个环节，同样能让人感受到非洲的热情，几乎每个非洲展区，都有工作人员不厌其烦地在为排队的参观者亲自盖章。

欧美馆：现代与风情

行程至此，我们已经参观出了一些门道，首先是不能随大溜，看哪人多就去凑热闹；其次是在非常有限的时间里，要争取把几大洲都涉猎一下。按照地图的指示，我们直奔下一个目标而去。首先参观的是位于C片区的中南美洲联合馆，这个展馆包括玻利维亚、哥斯达黎加、厄瓜多尔、乌拉圭等十一个国家。

提到中南美洲，人们自然会想起激情的拉丁舞、澎湃的亚马孙河、连绵的安第斯山脉。然而，危地马拉，以"玛雅人的遗产——一个永恒的春天"作为主题，以独特的玛雅文化为核心展现了传统建筑和艺术、手工艺品。萨尔瓦多，以"火山环绕中的印第安文化"为主题，展现了城市风貌。

能参观美国馆，是我们事先没有想到的。因为从中南美洲联合馆出来，大家都感觉很累了。有人提议干脆去美国馆排队，只当休息。也许是因为此时刚好下了一阵急雨，半个小时后，我们竟然顺利地进入了美国馆。一进门，非常醒目的是右侧整面墙壁都是美国一些知名企业的商标，耳熟能详的企业非常多，彰显着一种经济实力。美国馆分四个展区，分别播放不同内容的影片，试图以其所谓美国精神——多元、创新、乐观的价值观打动观众。给我印象最深的是第三个展示空间，那是一部名叫《花园》的短片：一个小女孩看到了一片废弃的空地，想象着一个繁茂的花园。她的激情和决心启发了她的邻居们。在共同的乐观、创新和合作精神的指引下，使曾经破败和灰暗的城市呈现出梦幻般的美好景象。影片通过风和雨等四维效果，让观众沉浸在惊奇的情感和视觉体验中。整个故事没有任何语言对话，都是通过图像、音乐和音效来表达，不需要翻译，每个人都能理解这个故事，无论他们的母语是什么语言。

从美国馆出来，已是傍晚时分，我们又马不停蹄地奔向欧洲展区。这些展馆主要欣赏的是外观，其建筑设计极有创意，给人以眼花缭乱之感，看一眼就会留下深刻印象。

比如英国馆，外形像一只刺猬，一开始看不懂，仔细观察，原来是插在建筑表面的数以万计的亚克力条营造的建筑效果。它有别于传统建筑坚硬凝固的外表，其"绒毛"般的质感，显得卓尔不群，美轮美奂。比如瑞士馆富有游戏感和环保趣味，半透明的外墙像给建筑罩上一层纱帘。这层表皮由植物纤维树脂材料附着在金属网上构成，据说，树脂材料在世博会结束后会自然降解消失。比如荷兰馆的设计，乍一看好像一个游乐场，其实是一个个小房子，挂在盘旋上升的空中坡道上，是分散的小型展示空间。走在坡道上，就像在亲切宜人的欧洲小镇上漫步，这大概正是荷兰馆希望传递给人的轻松心态。比如西班牙馆的精彩是在外观的设计，用天然的竹编挂片覆盖着展馆，有手工艺的斑驳质感，温暖动人。比如德国馆一反严谨理性的印象，一组在空中的建筑任意扭动交错，努力地"挣脱"地心引力，极致感性，很富有新意。

短暂的世博游，我们基本是大馆看外观建筑，小馆看具体内容。就这样一天忙活下来，一数手中的护照章，竟然盖了五十多个。此文我只记录了自己的所见所闻，难免片面，总体感觉世博会是多元的文化盛宴，科技与环保的文明成果让人叹为观止。它让中国了解世界，也让世界认识中国。

第二辑

方向：生活

萨特的恶心

十多年前接触萨特的书，读起来很吃力，有一种纷繁的沉重感。比如，萨特在他的存在主义奠基之作《存在与虚无》里声明的那个主要观点：世界是荒谬的，人生是虚无的。并说：人的出生没有道理，人的死亡也没有道理。存在先于本质，等等。这些东西对于二十多岁的人来说称得上费解。本来，那个年龄的人思想基本处于自然人的状态，从文学到生活，从生活到到生命，在哪个环节上都可能动辄就会有一种追究意义的冲动，而后又对意义产生怀疑。这一过程，也让人活得斑斓热闹。听萨特这么一说，便有点蒙。好在那时大脑还处于不断进化的阶段，蒙几天就缓过来了。本来，萨特这种重量级的人给他人带来影响甚至改变都纯属正常。但我最近的感觉是：似乎有些舍不得读萨特，还有一种莫名的恐惧。只要拿起他的书，你就会感觉有一位擎向天空的巨人，岿然位立在你的眼前，俯视着你，迫压着你的一呼一吸。这种不寻常感觉导致的后果也随之出现，那就是对睡眠的破坏性。光天化日的，多不可思议啊！

重读萨特的《恶心》，产生了一种片面的认知，从某种意义上是否可以说：恶心成就了《恶心》？《恶心》成就了萨特？

萨特创作《恶心》历时七年，那时他正在胡塞尔门下学习和研究现象学和存在主义哲学，起初题为《陈述偶然》，后改为《忧郁》，出版时定名《恶心》。作品一方面以现实主义手法描绘二十世纪三十年代法国日常生活的一些侧面和社会焦虑，另一方面以小说虚构来图解哲学疑团和哲学发现，一发表就被圈内外一致认为法国又产生了一位大作家。

我不知道具备怎样的气力，才可能读懂一个完全的萨特。二十六岁到三十四岁是他创作《恶心》的时间，也是他经历精神危机和身份危机的时期，他孤独彷徨，无所适从，围绕着"我来到世上干什么"这个哲学命题冥思苦想。在这个背景下，他开始创作《恶心》。文本没有太多繁杂的情节，主人公罗冈丹游历多年，终于落脚在布维尔，生活在循规蹈矩的市民中间。他经常看见在完成疲倦的觅食劳动之后，那些寄宿搭伙的单身汉和小职员们在咖啡馆里聚餐，"他们需要稍稍享受一下""他们也一样，必须好几个人在一起才能生存"。而"我"可以"独自生活"，"我"是孤单的。"我知道自己走得太远，周围的人无法救我，我也无法逃到他们中间避难。"他准备写一部历史著作，论述18世纪冒险家罗尔邦。为写论文，他经常去图书馆，在那里结识了按字母顺序读书的人文主义的自学者。晚上罗冈丹泡酒吧，专点一张爵士乐《这些日子里》，有时与老板娘上楼幽会。可能因为出发点不是爱情，或者出发了也没有产生爱情，"我跟她走进二楼的一间大房"，老板娘一边与他聊一种开胃酒，一边说"如果您不在意，我就不脱长袜了"。在此，男女之情仅仅剩下了一种动作。这肯定是"我"这样一个人的一种精神上的失态。是不是因为那个潜在的原因？他恋爱了四年的女友安妮因执着追求完美时刻离他而去。曾为此精疲力竭的罗冈丹走出过去，陷入奇异怪诞、迷离扑朔的现在。"我不要神秘，不要难以表述的东西。我不是童贞女，不是神父，不善于玩弄内心生活。""这种天气对自省是再好不过了，太阳向万物投下冷冷的光，仿佛是毫不留情的审判。它从我的眼睛进入体内，照亮我的内部，使我贫瘠。"

他依然期待美好的奇遇，生活给他的答案却是意义的丧失。于是便专心致力于研究历史人物罗尔邦。然而此时，真正的奇遇降临了：一种难以抑制的恶心感从四面八方袭来。仿佛空气、花园、路人以及周围的一切都在散发着一种腐朽的异味。这种感觉出现时，"我"坐在咖啡馆里看见那些用玩牌打发光阴的人，百无聊赖。"其中一人鼻孔极大，占去他半张脸，似乎可以为一大家人泵送空气，但是，尽管如此，他依然张着嘴呼吸，还气喘吁吁。"

人，有的人，他到底是什么呢？

"小时候，毕儒瓦婶婶对我说：你要是老照镜子，你就会看见一只猴子。我大概看得太久了，我看到的还够不上一只猴子，只是像一块息肉，与植物界相近，虽然它有生命。"

"我不曾有过奇遇。我有过麻烦事、事件、事故，你叫什么都行，但是没有奇遇。我一直珍视某个东西胜于一切，但我自己并未意识到。那不是爱情，也不是荣誉，也不是钱财——总之我想象自己的生活在某些时刻会有珍贵罕见的品质，那并不需要非凡的条件"——最终他明白了：他要论述的那个古人不会复活，因为死者永远不能为生者辩护。春天来了，他悟出了恶心的意义就是存在的揭示。这时，已变得体态臃肿、垂头丧气的安妮回来了。"在镜子面前，她不得不耐心地搏斗才能拯救自己的面孔。"她已不再追求完美时刻，就像罗冈丹不再追求奇遇，她以她的方式懂得了存在。两人再次分手。孤独的罗冈丹向谁求救？他的周围都是道貌岸然的资产者，他们逢人便举帽致意，却意识不到自己的存在。最后，罗冈丹决定离开这座城市，在酒吧，当《这些日子里》再次响起时，他朦胧地瞥见了一线光亮，也许那就是他立身入世的线索。

总可以找到一个角度让我们说，作品是作家的影子。萨特作品里的主人公与真实的萨特常常互为踪迹。毫无疑问，罗冈丹也是那个精神危机时的萨特。活着，有谁不是置身于庸常之中，但萨特的犀利、灼见等非凡的一切，却让他的精神和思想高高地突凸在庸常之上，这是一种冲突，也是让他恶心之症结所在，但这等恶心感是怎样高超的天资、卓尔不群的智慧和深邃的思想！在此，恶心是一种资格，是一种强大的实力，这是他的作品做出的回答。

《恶心》带来的震撼让我有感而发。其实，作为哲学家、作家、社会活动家的让·保尔·萨特，是战后法国知识界的一面旗帜，是二十世纪法国思想文化界最引人注目的笼盖一个世纪的人物，在西方被认为可以与伏尔泰和雨果相媲美。1964年，获诺贝尔文学奖，但被他拒绝。萨特一生叱咤风云，惊世骇俗，他的声望和人格赢得了世人的尊崇。他去世时，数万人自发跟随枢车为他送行。法国总统德斯坦说：萨特的逝世，就像我们这个时代陨落了一颗明亮的智慧之星。很长时间，他的墓前每天都有人献花。受此礼遇，是因为他把他不朽的思想和灵魂留下来了，营养着一代又一代人。

萨特的精妙让你感觉这个世界是何等的丰盛，又是何等的贫瘠。愿意再摘录几句精彩语句来打住一种意犹未尽：

他对拒领诺贝尔奖的解释里有这样一句话：该奖客观上成为一种保留给西方作家和东方叛逆的荣誉。

以下摘自萨特七十岁时与米歇尔·贡塔的谈话记录：

不能写作（萨特老年时，几近双目失明），这个理由夺走了我存在的理由，你不妨说我曾经存在。思维的实在活动已以某种方式被取缔了——我能做的全部事情是将就我的现状。

写作肯定起源于秘密……

倘若某人想出名，他要的不是出名：他要一切……

其他人可以从我的作品里得到混杂的收益……

一个人如果他愿意就能被社会合理化……

器重，这才是人们可以要求一个人对另一个人怀有的真正感情……

我和他在知识领域不能谈得太深，因为这容易使他受惊……

纳兰霍的惊问

　　显然，这是一间老旧房屋的一部分：红黄相间的石头地面，准确地说，那些铺地的石头本色应该是土黄的，是时间抑或人为已使它染上了猩红的颜色，似血，又似残阳；那墙面，本是白色，是久远岁月的侵蚀已使它变成白、黄、灰、黑的混合色，更显出寂寞中的斑驳，散发着阵阵的潮气。墙的上半部分挂着一块镶蕾丝边的黑布，布上有一副相框。圆凳上的老者靠在墙上，似乎已经在镜框下枯坐了很久，他完全进入了自我意识的世界。是的，坐得太久了，衬衣里是空的，被绳子捆绑着钉在墙上无力地支撑着：他的上身肉体已经蜕出现实世界，与从镜框中探出的含着泪水的老妇人紧紧地拥抱在一起。他们团聚了，却不是在我们这个世界。

　　这幅画的名字叫《两个不在场者的拥抱》，作者是西班牙油画家纳兰霍。关于纳兰霍，最初，我是在北图的一本杂志上看到了他的那幅《阿利西亚做不完的圣体圣事》。Eduardo Naranjo被我们中国人翻译过来称为纳兰霍，看到这个名字，我的第一感觉是一下想到了清代著名词人纳兰性德。清词大多是在咏叹风花雪月，抒写闲情逸致和个人无谓的感伤哀愁。而王国维认为纳兰性德因"初入中原，未染汉人风气"，能以一种极为个性化、本真化的创作方式表情达意，"北宋以来，一人而已"。我喜欢纳兰性德作品的苍远、悲壮、婉约的意境。他出生于豪门贵胄家庭，是大学士明珠之长子。对于过着纨绔生活的纳兰性德来说，少有社会生活体验，倒使其词呈现了全部的真性情，特别是他所作的追悼亡妻和感怀友情的一些词，读起来真是荡气回肠，使人爱不释卷。这样的作品也使他成为清代最重要的词人。那么这个纳兰霍呢，又是何方的灵性高人？他们的名姓中同占着纳兰之音，必是同样汲取了天灵地气中的精华，作品都同有一种悲怆的深刻。

还是回到纳兰霍的作品《阿利西亚做不完的圣体圣事》，画面上的阿利西亚头纱拖地，长裙拖地。看到那幅画的一瞬间，有两点使我的心为之一颤。画面上的人物有着怎样圣洁的一副表情，那平静祥和是只有神才有的。她的大眼睛透彻、神韵无边，却似乎装满了全世界的语言，但是阿利西亚即将微笑，似乎在说：吾不言。其二，长裙拖地，又有着那样生动表情的阿利西亚，怎么看也是个袅袅娜娜的女子。但是她的上半身除了头部，却是一截锈迹斑斑的残垣断壁，拦腰是一道残破的裂痕。这样的一幅画给人的最直接的提示就是，只有头脑清楚，又会用铜墙铁壁把自己的心包裹起来的女子，才会在任何时候都不至于置自己于过不去的悲苦之中，就像宗教可以从精神上拯救信仰它的人一样。阿利西亚有做不完的圣体圣事，但这不是抱怨，画家的本意肯定是在启迪或倡导一种精神。

坐在北图的那个上午，阳光灿烂，但是，我想，我肯定有点受惊。我记住了纳兰霍的名字。

一年多以后，我采访一位资深的油画家，在老先生的书架上，我又邂逅了纳兰霍，《世纪欧美具象艺术：纳兰霍》这本专集使我如获至宝。

诗歌和绘画同属艺术，应有着很多相似的内涵和灵魂，不分国界。爱德华多·纳兰霍没有纳兰性德那么幸运的身世，他生在西班牙的一个穷乡僻壤，父亲是农民。幼年的心灵里不知不觉地注入了郁结苦涩的情愫，苦难养人，也养育人的精神，在很多时候都是艺术生命最好的补品。身心处于穷苦的境地，对美好生活会有深度的理解。纳兰性德写很是破碎了的心灵，声声低泣，词里却依然流淌着那么一种优雅，显现着一种华贵的悲哀，优美的感伤。纳兰霍的诸多作品，多以低沉怀想为主基调，即便有明亮些的作品，比如《梦会缪斯》这样描绘情人幽会的作品，也隐隐地含着一种悲情。他的每一幅作品，都能让人读出一种渴慕以及渴慕中出现的幻觉。纳兰霍似乎无法摆脱种种透不过气的怀念，我坚信他经常甚至总是处于那种好事莫再以及追悔莫及的心理状态，其作品篇篇都是惊奇，都能把阅者的心拽向纸面并揪作一团。

《崩溃》这幅作品，远处是灰蓝的大海，海面上悬浮着一具狼或狗的颅骨。近处，两扇敞开的门面向大海，左扇门里镶嵌着一个男子，神情无奈。他即是门？门即是他？男子的左前方有一个女子正向他狂奔而来，那女子表情忧伤焦灼，把双手拼力伸向男子，身体倾斜着。但是，无济于事，从她的身后伸过来一个框子，把她的头部和上半身牢不可破地框住。是的，有时激情和现实完全是两回事，生活中有多少看得见看不见的桎梏让我们无法逾越？来自主观的、客观的因素就像身后的海，时常会涂改并吞噬了个体意念或欲念中的一切，使一切崩溃。

再来阅读一幅《皮剥一半的兔子》，画面上的兔子身体四周血迹斑斑，肉质鲜亮。为什么被剥了一半皮呢？重彩是兔子的头部，它那表情因理智而平静，它的脸哪有一丝被屠宰的痛苦啊？似乎它的存在就是为了服从或服务于其他物种，它懂得宿命。纳兰霍是不是就想告诉我们这个道理？

纳兰霍的诸多作品都是以团聚、爱情、内心挣扎、弱肉强食等为主题，通过物什搭配、色彩、神韵具体地构置作品，反映现实事物。无论是他的超现实主义还是错觉写实主义手法的作品，信手拈来任何一幅，都感觉他是在解剖现实，把事物辦开，让我们看到了内核，追问出事物的本旨，引人思考。当然，看这样的作品，由不得你不沉思。我读纳兰霍，就是读出了这种或激越或沉重的生命感，我不懂绘画，这些感觉可能是很个

第二辑 方向：生活

045

人化的，也是很文艺的。

事实上，文艺一点说，生命的结局是死亡，本就是充满悲剧意味的，但这丝毫也不影响我们正常的喜怒哀乐，不影响我们热热闹闹地把生命进行到底。

有一次，我陪一个朋友去拜访散文家林非先生，刚一敲门，就听到有丝丝缕缕的音乐从门的缝隙间挤出来，进到屋内证实了，确实是老先生在听音乐，而且是那种苍凉、旷远的音乐。林非先生满头白发，身心健朗，热情地端出朋友给他捎来的日本点心招待我们。一听这种低回忧伤的音乐，我浑身的细胞都跳跃起来，这应该是我赖以生存的情境或状态。我问林非先生：您一直喜欢这种风格的音乐吗？他说：是的，悲剧性的音乐深刻。

是不是欣赏悲剧，可以帮助我们战胜生活中的悲剧？

为什么喜欢纳兰霍的作品，我在追问自己。

方向：生活

方向：生活。

这句话是法国作家托马斯·夏格诺的小说《谋杀》的结束语。

《谋杀》不是侦探小说，更不是恐怖故事，他描写的是现代人司空见惯的家庭暴力。若望是著名的放射科医生，成功男人。成功的标签和地球上大部分富人具备的物质符号相似，他拥有高级别墅、保时捷跑车、城里最漂亮的女人、孩子们、到世界各地的豪华旅游等。其中城里最漂亮的女人阿梅丽娅能够归属在他的名下，成为他的妻子最令他有成就感，因为"几乎所有的男人早晚都得追求她，所有的女人都畏惧她"。他爱她。而她认为，自己只是他向别人展示的战利品，他能力的标签。终于，在圣诞节这个最重要一天的晚宴上，她宣布：是这么回事，我爱上了若望以外的另一个男人，他叫皮埃尔，我要和他生活在一起。

从这一刻开始，这家的男人、女人、三个孩子都分别以不同的方式主动或被动地向深渊坠去。基于情感还是为了维护名望抑或莫名而混乱的感觉，若望理解妻子需要新鲜的事物，需要必要的疯狂，提出可以让她的男友公然存在，他自己也恢复与旧女友的关系，至于千疮百孔的婚姻，外人什么也看不出来。这荒唐的逻辑令阿梅丽娅放弃了最后一点犹豫，她决绝地投奔情人，并按着单方意志在海边租下了豪华别墅，准备把自己心爱的孩子接出来和她生活在一起。在此同时，丈夫若望也启动了回击阿梅丽娅的程序，而且"不限制自己使用任何武器"，关键是因为"若望在金钱方面总令人梦想"。很快，阿梅丽娅收到了法院寄来的厚厚的邮件，里边的文件有她要负全责的离婚传票，特别是过失离婚证据一大沓，包括双方所有亲友和熟人，即他们夫妻关系网中的一切人都提供了关于阿梅丽娅在这场婚姻中的失责证据或证词。至此，这个早过了用荷尔蒙支配情感的三个孩子的母亲才从不可思议的热恋中恢复一点冷静。她不理解孩子们的父亲怎么这么快就在报复和恐怖之路上走那么远呢？"有罪过的是生活，有问题的是爱情而不是她。"情爱使她腾云驾雾离理智太远了，这个时刻她还虚无缥缈，不肯落在地上，因为她还有最后一根稻草——情人皮埃尔。遗憾的是，逐渐地，皮埃尔"连电话也懒得接了"，因为他只想要那个光彩照人的情人而不是如今这个失魂落魄的怨妇。

最后，阿梅丽娅在主客观的精神摧残中坠楼而死，三个十几岁的孩子，大儿子远走他乡，二儿子和小女儿因长得太像母亲而惨遭毒手，一个被送进精神病院，一个被父亲失暴后溺水而死。而若望本人呢，又找到一个尺寸和外观都酷似原妻的爱人，连名字也强行被他叫成阿梅丽娅，他的诊所和社会地位也似乎维系住了。貌似胜利者，实则在他的梦想和噩梦里都纠缠着那个死去的阿梅丽娅——如果他还有梦想的话。这场惨败婚姻的买单者既是他们本人，也更是三个无辜的孩子。

这部小说描述的是一个情变故事，大结构并没有什么惊天动地，唯一让人感到有些意外的情节无非就是那个丈夫因为恨妻子，而对自己的孩子下了毒手。《谋杀》第一版印刷就在亚马逊网热销四十万册。在法国文学史上，从莫泊桑《羊脂球》到萨特的《恶心》，有不少作家因处女作而成名，有评论家把《谋杀》的作者也归于上述之列。在此不是探索这部作品的文学才华，关键是它所展现的婚姻状态和所承载的超出人类视界的人性很具有现代意义，具有全球性。法国可以被称为浪漫的代名词，他们在爱情上也较有天赋。可这对法国夫妻在面对情感纠葛时，和其他人类的反应是那般相似：女人为爱奋不顾身，男人为了面子，快速违心地投入"战斗"，试图连根铲除失败婚姻留给他的一切，包括骨肉亲情，最终收获的当然是自虐虐人。

从某种意义上说，一个女人貌若天仙，一个男人事业有成，这都应视为一个人的最大成功，郎才女貌的组合也天经地义。可是，好日子不好好过，各自栽到了不同的诱惑里，妻子追求的是真爱，丈夫的犯罪归根结底是由于无法摆脱对妻子的爱。都在追求幸福，因失控换来的却是毁灭和比死还难以忍受的痛苦。本来，人生的最好他们已经拥有，生活中遇到些变故抑或挫折也属正常，这时如果双方都能有点大原则，采取冷处理，及时刹车，迷途知返，其实，最终他们肯定能回到相对正确的轨道上来。

掩卷而思，有两点感受：第一，为那等优质的生命的残局而深深遗憾；第二，从他们的失败中能看到某种隐含的真意。这包括两个方面：

一是男人也具备永恒情感的，故事中的丈夫无论做什么其实都是缘于他太爱妻子，爱到极致是包括毁灭的。而妻子的热烈不甚高级，犯的是女人坠入情网最容易犯的低级错误。还不仅仅如此，其实，在现实生活中，女人在许多方面都需要斟酌反思。现代社会有一种普遍的认识是：女人是弱者。何以弱？在人类的原生态时，即母系社会阶段，女人是世界的主宰。有人说，之后的女人不断被征服，失去强势地位是因为体力比不上男子。张爱玲说：男子的体力也比不上豺狼虎豹，何以在物竞天择的过程中不曾为禽兽所屈服呢！可见得单怪别人是不行的。英国小说家奥尔德斯·郝胥黎在《针锋相对》一书中也说：是何等样人，就会遇见何等样事。

好日子要好好过，不好的日子能在平静中维系，相对而言，可能也是一种幸福。贫穷及种种不如意的生活本身并不可怕，声嘶力竭颠覆这种生活的状态才可能会把人拽入深渊，如何的折腾最终都得回到一个结论上：生活还得继续。

深邃的简约

一摞书稿放在我的案头，那是老曹即将出版的散文集的打印稿。老曹，曹桂林先生其实一点儿也不老，只因他朴实之心灵、率真之性情、稳重之品质，久而久之就被大家认可了，甚至比他年龄大的人也大多这样称呼他。可见，老曹这一称呼来自民间，是一个高端的尊称。

十多年前，我刚出校门不久，在后勤文艺杂志社做文学编辑，编过老曹的几篇小说。以后在编辑部举办的一次上房山文学笔会上，才结识时任解放军某部油库业务处长的曹桂林。那时的文学笔会很少有文学之外的其他目的，多是为了培养文学作者，为文学爱好者提供一个展现自己的机会。如果有谁被邀参加文学笔会，那就是对你创作水平的一种关注，基本是对你创作的一种肯定，甚至是一种荣誉。那次会上，常常看见老曹汗流浃背而至，听完课又匆匆忙忙离去，我当时就觉得这人有一种执着于什么的内涵。那来去匆匆，正是定格了老曹的某种生命形态：对心灵生活有着一丝不苟的要求。苏联作家康·巴乌斯托夫斯基说过，世界上再没有比文学更诱人、更艰巨、更美好的工作了。老曹在政府部门工作，事务繁杂，却一直对文学抱有火一样的热情，他一直在写，只为表达对生活对生命的感悟。

有人认为，所谓散文，是指那些不讲究韵律的文章。就是说，除诗歌、戏剧、小说等以外的文学作品都可以纳入其中了。由此可见散文的宽泛性，是文学创作中较为自由的文体，或状物绘景，或挥情言志，或咏史写人，洋洋洒洒中，作者的社会认知、人格境界、精神取向等便跃然纸上。其样式可划分为抒情散文、记叙散文、议论散文等。老曹的散文对故乡、军营生活多有涉猎，随感录也有一些，文本应多属抒情、记叙类。

我觉得，无论何种文体，文学创作至少是作家有话要说。当然，这种说，需要学养、综合素质的支持。十几岁离开故乡，老曹就开始了他的身心之旅。无论身居何处，身兼何职，在他的内心深处，故乡永远是两个缤纷的字眼，也是他永不枯竭的创作源泉。之前我曾编过的老曹的一些小说，题材也大多取之于此。散文作家也是社会人，然而，老曹无论怎样被社会化了，他的精神体系一直没有受迅猛发展的客观社会的惊扰损坏，依然平和。老曹祖籍河北，我开玩笑说，平原盛产平和。平和的心态对于一个搞创作的人来说，是多么重要的品质，它较有可能让人安静下来。对故乡执着的情感，时不时就把老曹带回了原生态，他的思绪便缠绕在故乡的血脉里。无论他截取的是何种场景下的繁杂的生活断面，那里的人、事、物或升腾激越，或静若止水，最终却都归宗为一种品质上：豁达、敦厚、灵蕴。例如《母亲语录与注释》这篇文章，记叙的是母亲时常挂在嘴边的八条语录。"人穷志不短""吃不穷，喝不穷，计算不周就受穷""乡亲是杆秤""吃亏是福""一人做事一人当"等，这些尽人皆知的朴素道理，却是不识字的母亲经历了无数的生活实践甚至苦难才得出的至理，母亲就是用这些真知修正自我，治理家庭。当时的"我"年少无知，直到经历了生活几十年的打磨锻造，才逐渐深悟出了其中的一些要义。比如"优越富足会引发自满、骄傲、意志的丧失"，"历经苦难方能成大器，就像战争会造就军事家，社会的大变革会产生伟大的政治家、艺术家、文学家一样"，哲思般的升华是对生活的体悟，也完成着作家应有的使命。

也许我做这样的类比不甚恰当，工业时代的人习惯过理论指导实践的生活，而某种意识情态尚停留在农耕时代的人大多身体力行，真正地亲自生活。由此，我想到，这也仅仅因为生活内容不同，需要的成本元素不尽相同而已，不能由此判定生命的质量和贵贱。生命最大的平等无非以各自的方式把生之岁月消耗掉罢了。

老曹散文的另一个重要特点是语言朴实，文采清净，挥洒出的却是丰沛的真情，生动不露声色。他的许多篇章都有这样的亮点。如《父亲母亲的战争》中，字面上显现的都是一个坏脾性的父亲，"我"是绝不敢违背父亲意志的，"他的话掉在地上就是一个坑"。只这一句，隐含在字外的父亲的威严乃至"我"对父亲的敬畏就显而易见了。在父亲生命的最后时刻，"父亲躺在床上，吃力地对母亲说，'要是我死在你头里，你就贴上邮票了'"。"父亲的言外之意是说，我们兄妹几个东一个西一个，你老太婆自己是照顾不了自己的，只能流浪到儿女们中间去了。""老两口生活了一辈子，打了一辈子，临别了还是互相不服气。"一个已经永远地走了，盛宴还不肯结束，这就是根深蒂固的情感，一种恢宏的爱情，也堪称是一幅典型的古典爱情画面，生生死死，牵牵挂挂，是局外人理解不了的浪漫。这也是个体爱情和人类爱情的永恒共性，当事者的标准就是行标国标。

老一代人的情感与现代人的情感要素完全不同。老曹在描述任何一种情感时，总是有能力娓娓道来，行文中丝毫没有把容易生发真纯情愫的乡土作为启蒙和批判的道具，强行塞给读者一些什么。旧时的人对旧有精神价值的坚守是一种文化，现代人对一切现代价值观的百般眺望乃至践行也终究会成为一种遗痕，都是成果。文化内涵就是一个民族生活习俗和实践的结晶。文章具备了这种让人感让人悟的功能已经足够了。清代学者章学诚在《文史通义》里说：凡文不足以动人，所以动人者，气也；凡文不足以入人，所以入人者，情也。气积而文昌，情深而文挚，天下之至文也。这"气"与"情"，定然是指文章彰显了真人格、真情感，方可称至文。

这部作品集里还收录作者的一些随感录，如《在欧洲的日子里》《西柏坡巡礼》《云南行》等作品，老曹能够用自己独特的视角和一个写作者的敏感，提取出关乎特有区域人文的、历史的等有价值的写作点，合理结构、渲染意境、细致描摹，使这些可以被称为公共题材的创作不至于流于泛泛，呈现的是斑斓的画卷，开阔了阅者的视野。

有人说，要了解一个人，看他的文章就足够了，这话是有道理的。一个人，愿意在自己的某一种创作中上天入地，今天的时代已赋予了你这种自由。但一个作家，无论你怎样的天马行空，把假恶丑拆卸成部件，生产出弘扬真善美的成品，才是对你社会责任感的证明。从某种意义上说，作家尊重科学，也更有助于通过意识领域的劳作成就自我。

老曹的精神气质与他的文章所体现的精神内涵是吻合的。他总是努力在传递准确的社会认知，把老曹的文章装到试管里检测一下，肯定不含铅汞等有毒有害物质，他的精神品质是可靠的。客观世界怎样繁杂，他都是在审美而不是审丑，这是一种力量，难能可贵。他描述的天空是湛蓝的，土地是敦厚的，青山是翠绿的；他展现的人物目光是坚毅的，心态是乐观的，追求是执着的。不可否认，鱼龙混杂的现象在文化市场中也是存在的，让读者用化学眼睛去阅读是劳民伤神，职业道德将受到质疑的。

作者文章的选材大多以乡村为背景，这通常会显得平实，但越是没有经过现代文明洗礼的所谓落后区域，越是潜伏着丰盛的文化矿藏。若能突破具象的平面书写，将笔触更深更有力度地伸向土地伸向历史伸向未来，把固有的文化底蕴的挖掘融合进时代气息，其文章的思想构图必将呈现磅礴的态势。另外，我一向觉得，诗意的语言能提升文本的密度和深度，老曹的语言有时不够凝练，这些方面应都有提升的空间，这是我对他的良好祝愿。

领略一种透明

诗集《透明的感悟》偶然地摆在我的桌上了，作者叫庆华，我并不认识，这样很好，便于我纯粹地阅读作品，纯粹地就文本而感言。我一口气读完了这本诗集。读完了，一个浑阔、澎湃、旷达的诗人就出现在眼前了，比较透明。

庆华的诗直抒胸臆，似乎都是不吐不快的结果。他言志他咏景他抒情，合上《透明的感悟》，你就想挺胸抬头，你会觉得天高了地阔了路宽了，生活是美好的，你就是想向上。诗言志，从这些作品中，不难读出庆华的精神和他精神的脊梁，那内部有一种东西是檩，凛然地站在他的诗里，风发踔厉。这让人感动，并看到诗歌的力量。

城市现代文明与越来越物化的世界挤迫着人的灵魂到处躲闪，外部世界的变异，莫测炫目，极易让人失调失灵，社会发展得越快，人的内部和外部之间越容易出现断层。当那些失去精神家园的双目四处茫然流浪的时候，总有一些智者慧者目光锐利地掠过浮躁的繁杂世事，从压抑自己的地理空间里挺身而起，披荆斩棘，快速附丽于一种载体，构筑新的精神空间，让自己的身心在一个健康的轨道上运转，与客观世界达成默契，实现平衡，这是一种生命的真质量。我想个人化地强调：选择并热爱诗歌吧！诗歌至少可以帮助你实现一部分追求，人都有理想，但不是所有的人最终都想要一个物质的结果，那就是目的了，概念变了。其实，支持生命的一定都是内心最美好的情感，生命的主旨最终是回归到对崇高灵魂的追索。而诗歌或者好的诗歌都是在吟咏诗人真实的心曲和情愫，创作或阅读这样的诗歌，就是与真诚的灵魂交流，会不枉此行的。我是想说，诗歌最容易与人的内心世界息息相关，如果每一个人都是真正的诗人，世界将不再复杂，甚至无须制度、法律这类坚硬的条条框框来规范人的言行，人类的沟通将变得简单。因为抵达一个人的精神家园才是真正走进一个人的内心世界，在这里说事儿，一切都好办。

话题似乎已经走远了，回到《透明的感悟》，它的作者庆华显然是一个重视精神归纳的践行者，他对诗的认知很本位：写诗并无穷/抒情仍是真/绪满情自荡/一书吐漓肠（《言诗》）。庆华是一个搞企业的人，他不可能把主要精力用来写诗，但这丝毫也没影响他写出大量有味道的诗歌。在诗里，他咏叹人生，他讴歌自己的企业，升华着自己的理念，用诗歌不断沉淀并整合自己的理性世界，并实施着物质创造和精神文明的双重攀升，哪边的事都没耽搁。污满工装咱自豪/油手来把机床操……道路坎坷岂逍遥/苦练思想甚重要/胜过清闲静待老/心坚自能立九霄（《工作岗位感》）。在此，他的企业成为他进入创作状态必要的客观氛围，而他的诗歌又使他超越制约，回归到一种境界之中。庆华的诗几乎篇篇都洋溢着这种意味。应该说，他的企业和诗歌是互惠互利的，不可分割。由此而言，无论之于生存还是之于创作，他都会是一个相对意义上的顺畅的自给自足者。

什么样的作品才称得上格律诗？有一种观点认为放宽诗词格律的限制，不必在韵律、对仗、用典方面过于严格，诗歌的主要目的是为了抒发作者的真情实感，太注重形式无疑是为创作设置障碍，毕竟社会发展到今天，古体诗歌创作的严格要求已经不适合今天的多数读者。而如此说来，古体诗词的韵味美又遭到破坏，这些本是学术或美学该探讨的问题，可是阅读庆华的诗，我有一种感觉，他的创作碰触到了这个问题。不知作者是有意识还是无意识，他的诗意延续着五四以来产生的白话诗、自由体诗的内涵，他的诗体却又在流泻着韵律诗的节奏，给读者带来了阅读的美感和享受，这种践行在他的作品集中俯拾皆是，必将是一种有益的尝试。例如：拙政之施实不拙/留园多有恋人留/……玄妙观中真玄妙/沧浪亭傍无浪流……西园金身举世瞩/寒山古钟几秋春/人间仙境苏杭地/疑是仙人抚凡心（《苏州》）。再如：有错就应究根源/无怨客观找主观/……上下飞腾思千万/来去光阴催志坚（《自我批评》）。这些诗读起来朗朗上口，意韵兼顾。这种创作手法体现在每一首诗中，就是庆华自己的创作风格了。

庆华诗的气势和意蕴也是应该提到的。在此，我想主要就他的生日诗而谈。在这本《透明的感悟》里，他写给自己的生日诗不下十首，通过这些诗，能品阅到作者各个时期的思想走势、生命屐痕乃至抵达灵魂拷问的脉息。曹丕说：文以气为主。而诗歌创作中的气应包含生命之气和精神之气。庆华的诗，其气势体现在语境中，其意蕴体现在直悟个体的生存或生活状态。慨时狂歌情自抒/愁悟明了心不恢/随波逐俗汝不视/欲近不惑当不回。（《生日》1991年）……晚熟未必真落伍/迟晓也能识人世……何日方成立地人/常思过往鉴自己（《生日自勉》1983年）。事实上，正是因为庆华这些纯属由个案生发出的诗性体验，契合乃至综述了更多的生命感受，才使他的创作荡漾着那种扑面而来的感染力，那种本性而又朴素的整体效应。他"涉世方知遍坎坷/遇人始晓少直说"（《生日寄情》1992年），最简单的世界观也是你需要经历一些过程才能获得的真知。唯有那些经过了生活风雨历练之后的诗人，才能把这种近似格言的语言镶嵌在诗中，成为读者以己之需或摘或截，玩味其中，获得启迪生存的警示。说到此，也许有一点不得不强调，庆华的诗是巧妙的，他用诗歌来表达自己的时候，擅长从因到果，不弄玄奥，直接突凸思想，不跟读者捉迷藏。于是在同一首《生日寄语》的结尾，他便说：栋材当擎千斤力/重负压身不推脱/亮节青竹松柏躯/怀博大业无蹉跎。有很多诗歌和诗人的创作经历告诉我们，写诗者容易把自己的精神（灵气）放逐到一个不着边际的地带，然后才开始伟大或者痛苦的旅行，其结果就是自言自语，不知所云。当然，这样的创作状态有时也是身不由己的。客观上，这会影响作品在更大范围的交流，乃至难以获得更广泛的审美认同。其实，诗人既不可在诗中弄丢了自己，也不该迷惑读者。诗歌是高雅的，但诗歌也和其他的文体一样，至少应该内含并传递出最基本的社会经验。

自然，内容的直抒胸臆有时就带来了诸多遗憾：极易在意境的营造和运用意象方面显得欠缺，甚至不够含蓄。如果作者在这些方面再多体悟一些，就能使自己创作出更多的诗歌精品。

出入自然节点的心灵

翻读杨林长诗《春夏秋冬》，首先被这种接龙的艺术体例所吸引，眼前一亮，前首下尾，通篇长诗和每首诗的句与句都有这种往复，文本结构环环相扣，这种创作方式在现代人的写作中不多见；他把个体缤纷的灵魂世界嵌入二十四节气七十二候，可以说，神性的农耕文明和现代的工业文明，就这样在他的心灵世界巧遇、接壤，在此浓缩为一种艺术追索，他流连盘桓于也许已断裂的农耕文明，他激越甚至困惑于缤纷的工业文明。溯源、碰撞、交融、整合、衔接等思绪的火花以诗句的方式出笼，而他试图线性呈现的是现代人的精神世界。

从接龙形式的创作手法到文本的内蕴挖掘，《春夏秋冬》都在别致地呈现一种艺术尝试，古人按照二十四节气七十二候生产、生活，今人杨林把当代生活、个人际遇、内心处境融合进二十四节气七十二候，在一个自然知识背景下阐释精神，追求自然与心灵世界的和谐，既是个体表达也是一种追问和人文担当。终极抵达生命和谐，自我和谐，实现艺术该承载的使命。从某种意义上是否可以说，《春夏秋冬》内含着一种百科的意蕴。

经典的作品固然有其最基本的元素和约定俗成的概念，但艺术形式也是实现创作审美的重要手段。首先应该肯定，《春夏秋冬》采用接龙这种传统的创作手法，是一个诗人睿智的选择。这种架构首先把阅读者带进了时空纵横、灵性捭阖的境地。以七十二候为长诗的节点，仿佛一座大厦的框架，土地、生命、情愫等元素纷纷亮相登场，围绕节点表情达意。结构整齐，语气贯通，每首诗之间存在有机联系是接龙长诗的特质，我读杨林的诗，就读出了这种味道。

我国是一个诗歌的王国，优秀的诗作浩如烟海，接龙的创作手法是一种诗歌范式，在传统诗歌中早有应用。比如最早的诗歌总集《诗经》就有："下武维周，世有哲王。三后在天，王配于京。王配于京，世德作求。永言配命，成王之孚。成王之孚，下土之式。永言孝思，孝思维则。"再如中学课本里我们耳熟能详的《木兰辞》，也有这样的诗句："归来见天子，天子坐明堂""军书十二卷，卷卷有爷名"。还如白居易的《长恨歌》"忽闻海上有仙山，山在虚无缥缈间"等，这些接龙体通俗的说法就是大顶针，此修辞手法是有渊源的。之后也有广泛应用，成语、歌词、故事、因果关系，只要能将上下联系起来就可以往下延伸，都可以概称为接龙。

杨林的长诗包括四个部分：春、夏、秋、冬，开篇《立春》的第一句是"走进春天"，尾篇《水泽腹坚》的结尾句是"走向春天"，一字之差，却定然是作者在完成创作结构的一种预设，同时也是追求某种哲理甚至宗教般的更高层次的精神回归。七十二候是中国最早的结合天文、气象、物候知识指导农事活动的历法，在现代地理学上属一级学科，气候学上属二级学科。品读杨林的这首长诗，有必要强调这个知识背景。刚拿到这本书的时候，我有一种疑问，担心作者别为了形式削足适履，因为非理性可能是人类生活中最富有诗性的部分。还好，合上书本我有了释然的感觉，整部长诗不时在崇尚或礼赞自然，又能适时按照文学创作逻辑关系返回到当下生活或心灵现场，实现艺术源于生活高于生活的充分性和饱满性，因为他的诗表现出了与七十二候的合拍。比如二月的二候是仓庚鸣，仓庚，黄鹂也。杨林在《仓庚鸣》里这样写道：整齐地灿烂/那花朵里黄鹂的啼哭/把故乡的田野、山径扯出来/塞进我的思绪/万物生机的长梦/在一声悲鸣中惊醒/背篓压弯的脊背，在头上晃动——在泥泞的心头，跌落些许尘土/我一个人在远行的城中/抬起仰望的脸。春日载阳、黄鹂啼鸣、"我"以及我赖以存在的那一方生活就这样共鸣着自然的节律，综述在诗句中寓意抒情。

生活是铺天盖地的现场，我们都身临其境。面对异彩纷呈、诱惑溅溢的世界，一个人能通过文学创作掰开自己的精神世界，剖析心灵，至少可以说，他有可能在追问生命的终极意义。杨林剖析自己在现代都市中"虚荣得如此彻底"。在《王瓜生》中写道：沐浴新的荣光/偶尔得失，在虚妄里/光明磊落地行……结尾是：这会让我想起村庄/田野、山坡和农作物/吹无拘无束的风/坦坦荡荡在篮子里回家/同样的生命，我却要/虚荣得如此彻底。

接下来的《小满》是这样的：虚荣得如此彻底/因为爱，坚忍地活/麦子一样，抽穗为芒/让疾风在叶面静止/痛，往内心游走/慢慢长进肉身/长成骨头里的结/思想的籽粒，开始/灌浆饱满/我因此愈加圆润而成熟/围绕文明的变迁/挥舞整齐的句子。

《豺乃祭兽》：那踯躅的幽灵/是原野里狼的一声长啸/把空寂的新月，喊得生疼/裂碎的音符，在清秋里/在旷野里，在尘世里，回旋……应该说七十二候是一个博大的框架，一个诗人借此创作，表述不准确，很有可能把诗歌写飞到云里雾里，可贵的是杨林没有置自己于宏大、空洞的境地，意境、情节、诗意都是从小我出发，起承转合都是在我的思想意识内可操控的，所以以上的例句包括整部作品大多凝练精短，或浓抹或淡写皆可小中见大，足见功夫在诗外的见地和文学素养。

情是人类生活和文学创作的永恒主题，这一主题在杨林诗中也有精彩表现。《水泉动》写到：品味存在的细节/晨曦向黄昏走去/子弹的飞行，只有声音/可以回忆脚步的痕迹/像誓言呼啸而过。再譬如《獭祭鱼空》中：一句承诺，还埋在土里/可有可无/河流开始拥挤，夹杂寒流。《天地始啸》结尾是：我郁积的恨，堵在喉头/始终吐不出来。这样的诗句揭示的是爱的某种真相以及誓言、承诺所蕴含的多种可能，其作品的思想性从中可管窥见豹。

再如《蛰虫坯户》《水始涸》等一些诗作，描述的也都是小情怀，让读者感知他的生活、心灵也会有事故发生，这是人生常态。有能力化解并与生活和平共处，是达观的姿态，诗者表现出了这种平和坦荡。他在佐证灵魂事故、情感危机往往是极易诞生艺术的平台。

诗可以兴，可以观，可以群，可以怨；迩之事父，远之事君，这是孔子对诗歌社会作用的高度赞颂，之于今天，依然有其当代意义。杨林的诗歌或绘景致或抒心志或描世相，皆呈现着顺生的理念，顺应一种大宇宙的秩序去解读小我的世界乃至抵达辐射关照社会，形成了自己内部的"场"，他的诗句在这个"场"的机制中形成了张力，实现诗歌应有的意义。以二十四节气、七十二候为节点，结构整齐、语气贯通。饱含哲学意味，触碰到了中国哲学的意理。

梭罗的《瓦尔登湖》曾是我的案头书，它几近句句珠玑，但这本书只有夜深心宁静下来时你才能读进去；读后又使你久久回味；有许多生活经验得以印证。也许这就是经典之作可以反复阅读的基本特质。翻读杨林的《春夏秋冬》时，我仿佛也些许有这种感觉，内心宁静了才能进入他的诗境。

杨林是一个睿智的写作者，因他的创作是有备而来，题材、思想性、艺术形式等在他的头脑中是有理性构想和预设的，不是随性信手拈来。

说一点题外话。生活是庞杂有时甚至是紊乱的，但它依然有着自身的秩序和密码，文学创作应呈现生活的总和，应揭示生活的真谛。说所有的历史都是当代史，文学史有可能是一个国家的历史，写作者的意识中应该对这种种因素有考量。创作时你可以激情澎湃，由理性到非理性，或者由非理性到理性，往复穿越。再回到诗歌上，现代诗没有行业标准，不用说平仄押韵等，即便之后提倡的音乐美、绘画美、建筑美似乎也不用刻意去遵循注意了，但优秀的诗歌还是有它最基本的元素，比如想象力、提纯生活、言简意繁，比如意境、意向、情感、哲理、诗眼等，不具备这些基本内涵，就不能撑起一首诗，你的诗歌就是分行排列的莫名的文字。技术流、废话流是有些诗作者容易陷入的两个极端。技术流的人打着艺术的旗号，写出的作品太绕，云山雾罩，不知所云，结果是使自己的创作小众化，处于小圈内，自然也是小循环，甚至连体外循环都难能实现；废话流就不言而喻了，都不可取。

说文史养人，读古典的唐诗宋词等最基本的功能就是怡心养性，百读不厌，大多数经典篇章都是很平易甚至口语化的，简单但不简陋，通俗易懂却耐人寻味，有点类似于现代人追随的大品牌，大气但不花哨。但这些诗中，意蕴、意境、意向、情感、哲理、诗眼等，什么没有呢，所以它世代传承，万古流芳。优秀的诗歌具备的元素和内涵，东西方都一样，呈现的必是纷繁的世界和人生。

也诗情也画意

故乡，是人的根基。一个人若没有故乡，就很难拥有一种精神的归属感，甚或他的精神就会若浮萍般处于流浪的状态。高宝军的《大美陕北》从书名来说，就有很确切的地域性，仅此判断，其散文创作中，必然充盈着一种故乡情愫。民族、故土、人生、人性、爱情等最是能够成为一个写作者的平台或始发地，然后，他出发了，开始了他的精神之旅。高宝军是典型的以故乡为依托来作文的作家，他无论描摹山川景色还是记述风土人情，故乡的山、水、人这三个元素仿若三个与生俱来的精灵，永恒地在他的内心跳跃升腾，缤纷统领着他的整个心灵世界，于是，他的笔端淙淙流淌出的都是牵着情拽着意的抒情状物，那情那物也同时承载着理想的光芒所普照的现实生活，小百科全书般地让陕北风情跃然纸上。高宝军和他的故乡互为丰盛并成就着彼此，这再次让人欣喜地看到写作的意义。

概说品读《大美陕北》的感受，我最先想到四个字：诗情，画意。

先说诗情。黑格尔说：艺术美高于自然美，自然美只是属于心灵的那种美的反映，它所反映的只是一种不完全、不完善的形态。艺术美是由心灵产生而且再生的（心灵就自然材料加工，表现为艺术作品），心灵及其产品比自然及其现象高多少，艺术美也就比自然美高多少。高宝军作品自我风格的形成及其感染力，在很大程度上得力于这种心灵再生，得力于诗性语言的表述，这在《大美陕北》的第一辑《远山近水》中表现最为突出。在他的散文中，不时读到诗的跳跃思维与情感痕迹，其思想感悟闪现着鲜活的意象，使语言呈现着浓浓的诗意。比如在《高原看云》一文中他写道："春日清晨，雨后初晴，陕北就是一幅山水画。地重了，像沉睡着的婴儿；天轻了，似水洗过的屏幕。地上升腾着薄雾，天空游动着浮云……一崖一畔皆为奇景，一草一木竞抖精神。"再如《陕北看山》一文："雾起时恰似沧海波涛，沟沟渠渠填饱，一山一峰如孤岛；雾退时如紫气东升，梁梁峁峁缠绕，一川一岭似梦中。老者看了如仙道，少者看了似精灵……"这样的语句不自觉地就把人带进了诗的意境中。高宝军散文的诗性语言，还表现在能够强化作品的音乐性和韵律美，如《南雷雨》一文写道："这时，大地上已经乱了营。南来一股风，处处热气蒸；小河急急淌，大河溯倒纹；蜻蜓频点水，青蛙漫出泥；燕子擦地飞，惊蛇出草丛；牛啃前蹄喘，马攀槽帮鸣……"这样的描述从视觉和结构上都不自觉地产生了一种婉转的旋律，作者内心的波澜起伏也很自然地传染给了读者，能够引起情感上的共鸣。

只要稍稍注意一下就不难发现，高宝军的文章里分号用得较多，这并非是一种简单的排比，而是铺陈思想的需要。比如《陕北看山》一文："山道弯弯，驮麦毛驴喘烈日；山梁迢迢，锄禾农人嘘凉风。这时再看远山，风景忽改观；肥了的是幼稚，枯了的是成熟，胀了的是背阴，剔了的是向阳。暴晒下黄土生烟，烟尘直入云天；朦胧处山翠水碧，翠碧铺满大地……"等等。作者把自己万千的心思和对生命的体悟附着在自然景观上，隐喻的是人生的诸多机密，在诗性语言的背后内含着深刻的意蕴。一个作家无论涉猎或经营何种文体，如果只停留在白描阶段，语言没有张力与弹性，文字背后也定然是没有"文章"可供回味，只为文而就的文，难免单薄。

再说画意。高宝军的散文很有画面感，每一篇文字仿佛都是一幅陕北的工笔画。他就那样不温不火，娓娓道来，这显现了两种功力：一是把持住了生活的血脉和细节，使文章形神兼具；二是语言凝练精准，叙述能力可见一斑。信手拈来《大美陕北》的任何一篇文章品读，你都仿佛瞬间就走进了一个画面，那幅画内涵丰沛、意境幽深。没有对生活入木三分的观察，作者不可能把陕北那一方水土的人们的生活、性情、习俗描摹得如此淋漓到位。一方水土养一方人，这是自然法则，人类生活怎样日新月异，这一法则都潜在。《陕北婆姨》中"一串鞭炮声，几声唢呐响，陕北女子就盘起了头发，走进了婆家"变成了"婆姨"；而《陕北汉子》中："汉子是成人的标志，也是一种责任的标志，上得顶着天，下要立着地，上下几代人，他就是中心。"这不仅仅是高宝军对陕北婆姨和陕北汉子的一个简单定义，也同时寄托了他对地域文化的敬重和自然的尊崇。还有其他对陕北风俗等的描述也都呈现着同样的韵味。他的笔端流淌的是现实主义的喜怒哀乐，文字背后闪烁的却是自然主义的奇妙瑰丽，这样抒写风俗人情的文字是具有历史保留价值的。

我认为，语言的优美、内涵的知性、不俗的故事、思想的丰沛等是散文这种文体兼有或尤其应追求的境界。高宝军散文的诗情画意是有这种独特呈现的。

精神的心声

在欣赏一个朋友装修完毕的新居时，大厅上悬挂着的巨幅中国画《竹林七贤图》，一下攫住了我的目光。上前细看，作者系近年来活跃在中国画坛的军旅画家庄明正。

曾经耳闻过对庄先生作品的赞美之词，今日得见，果然不凡。画面上掩映在竹林中的人物，或举杯小酌，或沉醉弹奏，或摇扇吟诵。画家以其独具的功力将七贤若定之神情，散淡之形态表现得淋漓尽致。不知是七贤的雅闲之趣在簇拥着画家的笔墨行走，还是画家的笔墨在召唤出七贤的魂灵。看着看着，那些魏晋时期的文士仿佛在墙上动起来，他们激昂的语言和柔婉的音乐似乎正一点点溢出纸面，溢出画框，在我的眼前喧嚣着。

我深深地被这高超的艺术作品打动了。以后，有机会欣赏到了庄明正的诸多作品，也点滴地了解到他的创作历程。庄明正从小喜欢画画，1991年毕业于解放军艺术学院美术系，跟随著名画家刘大为研习中国画，现为中国美术家协会会员，中国收藏家协会会员，任职于解放军总医院。

一个成熟的画家，他必须用作品向世界发言。一幅上乘的作品，也必须有着自己独特的艺术符号。艺术符号是构成艺术作品形式的最基本要素，至少包含两层意思：它具有技术层面的特质，更承载着作品精神的内涵。

中国画的品质在于继承，中国画的生命在于创新，中国画所讲究的艺术格调有着高下之分。古训讲："取法其上。""上"是历经筛选并符合美学规律的结晶。庄明正有幸就读于解放军艺术学院，在这所部队高等艺术殿堂，受到名师点染，从艺术思想、技巧手法到审美情趣都打下了坚实的基础。这从他早期在纪念毛泽东诞辰一百周年时，获全国工笔画大展三等奖，总后勤部举办的美术书法作品展览获一等奖的作品《宋庆龄》，以及之后的许多作品中可发现其明快、简洁、神韵兼备的学院派风格的影子。

关于作品的精神意义，黑格尔在论绘画时有过精辟的论述："要使真实人物造像成为一种真正的艺术品，就应使它显出精神个性的统一，使精神的性格成为主导的和突出的方面。""只有内在意义和精神才能使一件事迹成为伟大的事迹……画家也是如此，他必须通过他的艺术把人物形象的精神意义和性格揭示给我们。"庄明正在创作人物作品时，总是在全力表现人物的精神内涵。他的人物作品中的人大多是现实社会中的真正人物，都是对社会有贡献的人。既是"人物"，必然有其非凡独特之处，这也是画家用绘画语言该表达的主题所在。庄明正说，每当他要创作一幅人物作品时，都先去大量阅读人物的相关书籍。由此悟透人物的人生，提炼出他的精神内涵，下笔时才能顺着思维的神脉行走。事实证明，每一次动笔之前的准备，都极大地服务于他的创作了。如《高风亮节》这幅作品，画面上的陈云，表情肃然又不失和蔼，穿着挺括的黑呢大衣，身后是一片稀疏的竹林，目光投向前方。右上方的题诗俊逸洒脱，整个画面既显著明快，又抒情清雅。使人不仅读到了铁骨铮铮的革命人陈云，其高风亮节的精神神韵也跃然纸上。在创作《高风亮节》时，庄明正用了一两个月时间阅读有关陈云的文字资料，老一辈革命家为民族的光辉大业所表现出的高尚情操，一次次感动得他流下了眼泪。因此，在思维程序上，创作者本身就完成着感动、感激、感恩的一个过程。绘画时，因为寄予着丰沛的感情，当然是如有神助，人物自然从心灵流向指端，从笔端流于纸上。"画乃心印"，画家创作时，如果照搬现实中的物像，为造型而造型，那么你表达的只能是人物的外貌，而不是全面意义上的人物。

欣赏庄明正的作品，不能不提及他的爱竹之情。苏东坡云："宁可食无肉，不可居无竹。无肉令人瘦，无竹令人俗。"许是画家本身的豪情淳朴，淡泊名利之品质正暗含着竹的刚毅秉正、自强不息的可贵精神。他爱竹如痴，常常背着画夹到各处竹林拍照写生，观竹之形，研竹之魂。捕捉竹子在各种生态环境中的情态表象，深悟出竹的灵气和内蕴，下笔时便心有所悟，意到笔随，合二为一。他的竹突破了传统的写实效果，浓墨画竹仿佛能听到竹的铮铮铁骨之喧响，单色着笔，却又让人听到竹哗哗拔节之声。他的墨竹《春趣》，枝干斜生，飘举摇曳，遒劲不阿，竹叶或聚或散，神韵清爽。一枝一叶都在演绎着浅唱低吟的诗意情境。爱竹画竹，是因为竹能表达一种卓尔不群的品质，所以在他的诸多作品中都有竹的身影。竹已成为一种符号，服务于他不同的主题作品，提升着作品的文化内涵。刘大为先生在谈到他的《墨梅寒雪图》时称之为"清高绝俗"，"天趣横溢"。人的品质使他有能力借竹寄情，表现出对生命的领悟。

庄明正的画路较宽，从工笔到写意，从花鸟到人物，从传统到现代，尤其他身边的人、事、物，更能运揽其笔墨之间，成为独有的风景。读他的作品，从画风到画意，常常让人听到一种举斧劈荒之声响在回旋。无论何种题材，都表现得不拘泥，忌匠气，新颖脱俗的画面总能让人有耳目一新之惊喜。如黄志强院士是我国肝胆外科之泰斗，首创肝胆外科的伟业，从业六十多年，虽然已经是耄耋之年，仍然在引领外科的潮流。作为科学家中的典范人物，他在生活上却是历经坎坷。画家工作在301医院，有机会观察感悟其生活，在创作《黄志强院士》这幅作品时，他跳出了以人物表现人物的窠臼。画面上的人物白衣青裤，皮鞋笨拙，满头华发，面呈羞涩之态，目传关爱之情。他高大但背已微驼，他仁爱但神情庄重。人物的右侧是一幅完全独立的肝胆图谱。肝区胆脉，脉络囊汁，血管形态，枯而有灵地并列在人物旁侧，呈现一肝一胆于主人公心中之重。上方清秀的题字，更使见其儒雅之气概，仁德上品之风貌。

从1985年发表第一幅作品开始，二十年的耕耘，庄明正创作的近百幅作品在行业内外产生了较好的影响。

成绩只代表着过去。齐鲁大地多出文人墨客和慷慨激昂之士，出生于此的画家庄明正自幼崇尚敬仰真正的人物。他用画作讴歌着他们和他们的精神，去伪存真，取传统绘画之营养，汲现代艺术之精髓，终能使他的创作独树一帜。庄明正的才智熠熠生辉，造诣高原的作品正筹谋在他的胸中。

第三辑

>> 好好活着

米粒里的世界

　　我都到了不喜欢闹的年龄，当然也希望父母能过得清静一些。有这样的愿望也是事出有因的，每每到父母家去的时候，就会时常发现他们家怎么又出现一位莫名其妙的客人？说莫名其妙，是因为常常是这样，互相介绍了半天，父亲或者母亲甚至挽起袖子掰着手指头寻根问祖，其结果仍然是搞得人一头雾水，不知来者是哪个辈分上的哪门子亲戚。这都不重要，关键是客人常来，我觉得父母太辛苦了，大夏天的在厨房被旺火煎烤得满头大汗；老人的生活习惯和作息时间也被打乱了，久而久之，怎么能不影响身体呢！我心疼父母。而且，父母极其善良，善良的人警惕性低，我不希望他们遇到麻烦。也因此我经常绘声绘色地向他们传递一些什么什么老人被人蒙了坑了骗了的花边消息，比如，上海的女作家戴厚英就是因为把家乡的远房亲戚留宿在家中，那人夜半起了谋财的恶念，杀人灭口。这不是自己招灾嘛！所以，不能随便留那些没有血缘关系的客人同居一室，万一出问题后悔都来不及。我的父母争辩说，坏人毕竟是少数。

　　这个星期天下午，我一推开父母家的门，就看见沙发上坐着一位客人，这人倒没让我感到陌生，因为年初的时候他带女儿来过，母亲让我称他舅舅，是母亲的表舅的儿子。那时这位舅舅说，他们家只有这么一个独生女儿，心气儿太高。从懂事起就羡慕城市生活，今年二十有六了，既不会干农活也不嫁人，搁在家里是块心病啊！她母亲和他头发都愁白了，到这儿来想请大姐和大姐夫帮忙找个事情做。他的姐夫、姐姐即我的爸爸妈妈就像自己是本市的劳动局长和局长夫人那样说道：是个女孩子，做点儿什么合适呢？满脸都是愁云。最后，在全家人的张罗下，女孩儿落脚到一家餐馆打工，很快就适应了，干得不错。

春去秋来，这位舅舅莫不是来看女儿了？简单打了招呼，我把给父亲买的羽绒服取出来，让他试试。几个人翻看着衣服，那位舅舅双手抓捏着衣服，很欣赏地说，真软乎啊，得上千吧？我说，没有。他的眼睛几乎是炯炯有神地望着我，脑袋简直就像一个孩子似的天真地歪着，然后声音突然大起来问道：不对吧，外甥女儿，那一百多是买不下来的，啊？我本来就不喜欢他们这些人打扰我父母，也当然不喜欢他此刻的大惊小怪。尽管他还满脸惊奇地等待我的回答，可是我没有接话茬，便催促我母亲穿衣服，陪我去超市。

走在街上，母亲主动解释说，你这位舅舅去年来时，我只是随便问他，家乡那边还产不产黍谷，那东西熬粥味道就是不一样，满屋子都飘荡着香味，好多年没吃到了。没想到，这秋天刚一过，他就把米送来了，还是家乡人亲呀。母亲感叹着说，这种黍谷米因产量低，又不容易成熟，在他们那一带农村也快绝种了，你舅舅记着我随便叨咕的那几句话，回去后到处搜罗种子，好不容易才花高价钱买到了，专门挑了一块好地来种植。收益还算不错，成熟的谷粒挺多，一亩地总共筛选出一百多斤……

是真的？我停下了脚步，我觉得即便母亲把她爱吃黍米粥的话说给我听，最多我也就是去超市买一趟，弄不好过段时间就把这个话题忘却了。我无法想象舅舅为这样一件小事要躬耕于垄亩，面朝黄土，挥汗如雨，春春夏夏地去劳作几个季节……

还不止这些，母亲接着说，种出来麻烦，送到咱们家来更麻烦。舅舅怕把米弄脏，里层用塑料袋装着，中间用厚布缝的袋子裹着，最外层又装了一层塑料袋。重重地扛在肩上走四五里的山路，颠颠簸簸地坐三四个小时的汽车，然后再坐火车……有多不容易啊！

说到这里，母亲叹了一口气说，这情义真是太重了！瞬间，我的眼前模糊出了那双粗糙的大手，虔诚地把一粒粒种子播进土壤，悉心地侍弄着每一棵幼苗；同样这双大手，一丝不苟地缝连着那个布口袋；最后，这个弯腰驼背的老人扛着一大袋子米艰难地行走在山路上，时不时抬起头遥望着城市的方向……想到这里，我的鼻子抑制不住地有些发酸，无数的水珠在撞击我的眼眶，有自责，也有一些说不清的复杂感觉纠缠着我的内心。

舅舅朴实率性的情感，我再说什么话，都是苍白无力的感慨。只有一点似乎还可以令人欣慰，舅舅这样的人眼睛丝毫不染杂尘，说话不犯任何嘀咕，一生心都不会累。他弯下腰劳动，挺起胸做人，从头到脚贯通着真性实情，在不自觉中使自己成为一个纯粹的本质意义上的人，不分任何枝杈，这一定是极其可贵的。这样做人的成本很低，损耗不大，最重要的是肝脾等脏器不易受损，气血通畅，也基本不剐蹭别人。对于一个普通人，也许这已经足够。何况生活都一直正色地告诉今天的人——那些俗欲太多的人，人生得节制。因为事实上，无数的追求都在遵循一个圆形的轨迹，终点就是始点，人最终将回归本真。因生活环境和际遇的客观因素，舅舅好像没有出发就到达终点了，简单有时确实就是人生的成功，他不需要经过或负载太多的精神过程，不需要主动或被动接受太多的文明，因为有一些所谓的文明是虚假的。时不时与虚假相伴，劳心伤身，没必要，很辛苦。

被上帝遗忘的人

今年春季，我陪着父母回老家给爷爷奶奶扫墓，听到了一个非常悲惨的事件。事件的主人公是我童年的好伙伴，她姓吴，名字叫厉害。

厉害于两年前的一个冬天被活活冻死，她的家人最终是在一个柴火堆里找到她的。发现时，她整个人的大部分身体都被柴火掩埋，只有两只脚露在外面，上去两只手准备把人拽出来时，她的两只脚却从脚腕处齐刷刷断掉了。整个人完全冻僵成了一个冰坨。一个健康的生命，一个五岁孩子的母亲，就这样在冰冷中离开了这个世界。当她一点点儿被冻僵，当她的意识由清醒到模糊时，她的内心该有着怎样的挣扎，该是怎样的绝望啊。东北最低温度零下四五十摄氏度的寒冷，我在哈尔滨都感受过，只要采取一些防范措施，把人冻死也没那么容易。自然的冷固然是残酷的，但我想，杀死厉害的凶手真的是寒冷吗？

听人叙述的那一刻，我惊呆了。如果说我童年的岁月是一幅美丽的画卷，厉害称得上是那画卷上最鲜艳的色彩……

我的大部分童年时光是在乡下的奶奶家度过的。现在回想起来，在野趣中成长的童年才是真正的童年，其乐无穷，会给你的一生带来美好悠长的回忆。

用母亲的话说，我小时候有两大特点，一是胆小，不会打架，与其他孩子发生武力冲突时，从不敢还击；二是固执，在哪儿受了委屈就站在哪儿哭，谁拽也拽不走。幸运的是我却很少挨欺负，因为我有个特别生猛强悍的伙伴，她就是厉害。厉害与我同龄，是蒙古族，她小时候的样子我记得清清楚楚，一张扁平的脸，三角眼，龅牙，个子不高，腿有点儿内八字，走路仰脸朝天。作为一个女孩子，她的长相当然很遗憾。

她的父母可能也是祈望她在外边少受到不平待遇，连名字都取得含着威慑性。别人叫她名字的时候，前边通常会加一个傻字，但我觉得她并不是傻，只是有点儿莽撞，有点儿愣，爱打抱不平。

厉害身上最厉害的功夫就是石头溜得特准。那时候的乡下孩子没有任何玩具，记忆中小孩子总爱玩一种游戏，叫"打老爷"。就是把一些木板之类的目标竖在一二十米的前方，人拿小石块瞄准目标打，谁打倒的多就是英雄。这类活动首先女孩子参加的就少，但厉害每一次都抢着上，上了基本就能折桂，她的远距离命中率几乎是百发百中，其高超的技能简直不亚于梁山好汉"没羽箭"张清。经常有一些很霸道的男孩子不服气，会说一些冷嘲热讽的话，有的时候说着说着就会打起来。虽然远距离互殴是厉害的长项，好像奶奶家那个小村子里的大部分男孩子都被她击中过头部，打得头破血流过，他们家也因此要经常接待上门告状者的哭诉，医药费也是替人付过不少的。但近距离摔跤，厉害基本都是吃亏的。发生的次数多了，被动的厉害通常会采取两种战术，其一是她试图迅速制造出一段距离，拾土石块击之；其二是来不及制造距离，她就会立即张开大嘴，满口龅牙毕露，肆无忌惮地号哭。那哭声很特别，长时间的尖音并夹杂着含糊不清的骂声，比肢体的暴力更能达到暴力效果，往往会让施暴者先受到惊吓，然后狼狈不堪地逃之夭夭。就凭这手绝活，许多男孩子都是谈厉害而色变，避而远之。

显然，厉害的长相和举手投足都更像一个男孩子，这跟我的性格截然相反。但她能够成为我的保护伞，功劳主要在于奶奶。奶奶说我就像林黛玉，最大的本事是哭，没人护着，老人家是不放心我出去玩的。这样，厉害就能经常从奶奶那里得到一点儿小恩小惠，一根黄瓜、几粒糖果、一把瓜子等都能使厉害在我需要的时候挺身而出。

那时有一个外号被称为豁嘴杨的老光棍，他家住在离村子稍远的地方，周围全是庄稼地。每当到了夏天，豁嘴杨家就会不断地招贼光顾。原因是他家后院有三棵巨大的杏树，从小青杏长出那一天起，就会有大人或孩子不停地去骚扰他。现在想起来，一颗小青杏乃至一个成熟的杏真的是如何美味吗？可以让那么多大人和孩子趋之若鹜，不厌其烦地去做这种不怎么光彩的事？其实，哪里是为了一口吃食，现在想起来，农村的精神生活太贫乏了，那完全是人们的一项重要的娱乐活动。

九岁那一年，我体会到了有生以来唯一一次当小偷的滋味。在几个大孩子的精心策划下，我带着一种恐慌夹杂着兴奋的心情，与大大小小十几个孩子一起向豁嘴杨家进发了。离作案场所二三十米处，就按着事先安排，每隔三五米，布控一个哨岗，其余的人全部翻墙而入，有的迅速往树顶爬去，小的弱的自然是拉开架势等在树底下，准备捡拾从树上扔下的果实。爬到树上的人刚要下手，就听见暴怒的骂声从豁嘴杨家的房子和杏树中间的那一片庄稼地里传来。天哪，狡猾的豁嘴杨原来早就埋伏在那里等着捉我们呢。

行动前我们是侦察过的，他家里绝对没人。我们都以为此次行动万无一失，若不成功，只有一种可能，就是他会突然从外面闯回家，所以已经进行了充分的防范。他怎么会从那里冒出来呢！这一下可乱了套，场面从悄无声息一下变成了一片哭爹喊娘。我扔掉了手中的袋子，向墙角跑去，却怎么也爬不上去。这时，就感觉从树上跳下的一团黑影，几步蹿到近前，拼力地把我推上墙去，我们俩几乎是同时滚落到了墙外边。"危难"时刻救我的人当然是厉害。

其他的孩子这时也鸟兽状四散逃去。你不得不承认，农家孩子与自己赖以存活的庄稼有着特别的沟通，钻进庄稼地里的孩子迅速消失得无影无踪。厉害本来也是要往地里钻的，可因我在平时也钻过，每次身上都被划出不计其数的伤口，所以此时便拼命顺着大路往奶奶家跑。厉害拗不过我，只好陪着了。

豁嘴杨是一个愣头愣脑的人，要不怎么会打了一辈子光棍呢。他不去追那些"要犯"，却偏偏直通通追我们两个小不点儿，看来他智商也不会比我们高多少，图个跑大路痛快。

汗流浃背跑回奶奶家，我们把大门带上，想用插棍别死。那时民风多好，家家夜不闭户，奶奶家的大门也年久不插了。我和厉害一人推着一扇门，牙关紧咬，两张小脸上暴满青筋，吃奶吃饭喝水的所有力气都使上了，两扇门连对都没对上！这时，豁嘴杨的骂声和脚步声却就在门外了。厉害拉起我撒丫子就往屋里跑。奶奶不在家，糟糕！我们俩像无头苍蝇似的想猫在屋里的某个地方，可哪儿也一下藏不了两个人！只好故技重演，又返回想把房门插上，可已经晚了。豁嘴杨一把推开房门，像拎小鸡似的，一手抓一个，把我们俩从门后捉了出来。

我早已经吓哭了，一边哭一边叫着"杨姥爷"饶命，我再也不去你家偷东西之类的话。厉害当然更不用说了，大嘴张得比平时大两到三倍不止，但只是单一地哭，也没捎上点儿什么求饶的话。反正不知何故，也许因为厉害的哭声本身就招打，也许是因为豁嘴杨跟我讲了点儿客气，没冲我来，踹了厉害两脚加一拳。不知为什么，他打人时手脚不停地颤抖。他的手或脚每落在厉害身上一次，我的嗓子也会下意识地拐着大弯尖一下，光听声音会觉得我比被打者要痛得多。弄得豁嘴杨一愣一愣的，愤怒而奇怪地看着我。每当豁嘴杨看我的时候，厉害就会迅速闪到我面前来，用衣袖抹一把鼻涕眼泪，两手叉着腰，仰脸怒视着他，那意思很明确："不许动她！"我跟厉害的二重哭弄出的效果不亚于杀猪宰羊，振聋发聩，迅速传遍大江南北，奶奶跑步回来了……

厉害保护我的事例举不胜举，用大人们的话说，那何止是一般的偏袒呀，是心疼你……

厉害变成大姑娘的时候，从长相到心智，一点进步也没有，二十七岁才出嫁，在农村，她的命运是可想而知的。据说，她的父母挖地三尺才在一个山沟沟里帮她找到一个他们认为放心的人。可是，厉害结婚两三年不生育，婆婆家开始虐待她，家庭暴力是家常便饭。人家是一家人群起而攻之，厉害小时候的勇猛已荡然无存。后来好不容易生了孩子，又是女孩儿。她被虐待的程度更加升级。最初她挨打还可以往家里跑；她的父母去世后，两个已成家的弟弟已不欢迎甚至不允许她进门……

知道厉害的事情以后，我内心的痛楚无法言说。回老家时，我曾做了万分努力，想让那里的人带我去一趟厉害的家，看看她的女儿，可是所有的人都阻止我去。他们说，那是一个很远很远的地方，山高路陡，连自行车都骑不进去，步行一天能到就不错了……

厉害，我们好不容易长大了，我好不容易回到给我留下太多美好回忆的地方，我多想见见你这个童年的好伙伴呀！真想再跟你玩一次"打姥爷"游戏，因为这个，你可没少惹麻烦。我现在不理解当时的自己，你跟那些不讲理的孩子厮打在一起的时候，我为什么不冲上去帮助你，每次我都只是以迅雷不及掩耳之势去找大人。今天，在我也许可以帮你一下的时候，你却在这个地球上消失了，无影无踪！而且消失得那么惨。

我多想告诉你，厉害，现在我已经不那么爱哭了，我长大的过程也很辛苦，一路流着汗。你、豁嘴杨和那个村庄里的许多人，都有着最朴实的心灵，解决矛盾总是用最直接的方法，比如挥拳头，这与生活在工业地带的人们可大有不同，他们大多习惯或追求把真正的意图或拳头掖在心里。都说上帝待人是公平的，可是，长相、智能等一切谋生的最基本条件，厉害哪一样都不具备呀，父母又早早过世。公平何在呢？真想告诉你，厉害，现在，如果一定要哭的话，我通常也不会让眼泪流在脸上……

在返程的车上，我的眼泪总是不自觉地流下来，怎么忍也忍不住，我无法自抑。那眼泪擦干了又流下来……泪水湿痛着我整个的回忆，湿痛着我的肺腑……

心里的琴瑟

我打通了舅舅家的电话，是表哥接的，我报上自己的名字，电话那边只低沉地嗯了一声，两三秒的沉默后，话筒里传来了五十岁的大表哥难以自抑的失声哭泣，并伴随着断断续续的话语，表妹呀，我的母亲真的去了！

他最亲的人去了，我再劝什么都是苍白无力的。电话这端的我也只能陪着默默地流下眼泪。接着，表哥告诉我，他的姑姑即我的母亲已于一小时前抵达，请放心。

前天晚上，我参加完一个活动，正在往回走的路上接到了母亲的电话，让我去她那里一趟，却不说有什么事。到家后，我惊奇地发现，母亲眼睛深陷，还有些红肿，显然是刚刚哭过。她告诉我说，你舅妈两个小时前去世了。我明天一早就要赶回老家去，你明天要起早送我去车站。母亲已是六十出头的人了，她千里迢迢一个人赶回去奔丧，我和父亲都有些担心，但事情来得太突然，都无法陪同前往。而且，在我的印象中，母亲和舅妈的姑嫂关系并不十分融洽。母亲似乎看出了我的这层意思，她的眼泪更加汹涌而下，悲伤地说，你不懂得这种感情啊！

姥姥只有两个子女，舅舅比母亲年长十几岁，印象中，小时候总是听大人们在议论舅妈如何的不孝。长大后才逐渐明白，其实舅妈与母亲不和的原因也很简单，都是家庭一些鸡毛蒜皮的小事，比如，舅妈怨姥姥不肯为她带孩子做家务，又太偏向女儿。母亲则怨舅妈百般挑剔，不孝敬老人。为此，总是有一些争论。虽然如此，即便在姥姥去世以后，母亲还是经常找理由抽空回老家看望舅舅一家。

两年前，舅舅带着舅妈来我家，母亲和舅妈的谈话中虽然还是有些夹枪带棒的味道，但都懂得适可而止。母亲为舅妈买了好多件内衣外衣，质地也都不错。其实，我觉得母亲为自己都未必舍得这么大方。舅妈试穿着那些衣服，非常喜欢，嘴上却说，你想让我变成老妖精啊！母亲说，你年轻时是妖精，现在最多是人精。晚上，大家还在说着话，舅妈却蜷缩在沙发一角睡着了。母亲拿了条薄被，轻轻地盖在舅妈身上，静静地望着熟睡的舅妈说，她真的已经是一个老人了。

去年，我陪母亲去舅舅家，临走时，舅妈左一袋右一袋装了许多各种土特产品往车上塞，并对母亲说，这些都是你小时候爱吃的。母亲说，还要坐火车的，太不方便，不要带了。舅妈几乎要急了说，为什么不带？以后你想吃都没人给你做了。上车后，母亲抱怨说，好事都得让她办砸，那么大岁数了，连句吉利话都不会说。我也顺着她的意思说了舅妈几句。没想到，母亲立马脸一沉，不高兴地说，你怎么能这么说你舅妈呢！她这一生生了那么多孩子，从来没为自己活过一天，都为我们高家奉献了。你舅舅有些懒惰，这个家全靠她撑着呢！我说那您还老跟她吵？母亲叹了口气说，不吵跟她交流不了，想一想还真是，你姥姥家的大事都是在我和你舅妈的争吵中解决的。母亲的语气中明显地带着一丝伤感。

舅妈虽然长得有些瘦小，但身体还是挺硬朗的，去世得也很突然。在自家的小园子里侍弄菜时栽倒了，就再没有醒来，死因怀疑是心梗。为此，母亲多次委婉地怨舅舅照顾不周，要是他陪着舅妈一起去，也许这一劫就躲过去了。

处理完舅妈的后事，母亲整整瘦掉了六斤，很长时间寝食不安，经常暗自垂泪。

舅妈和母亲吵了一辈子，在外人看来也许是一种不和睦甚至不愉快，可实际上，她们在对方的内心都是有位置的，并且互相依赖。我在想，其实，真正的情感都是内心的琴瑟，心里的风景，局外人看到的永远是表象。

好好活着

春节过后的一天，父亲突发高血压病，被送进了医院的抢救室。瞬间，他的头部和前胸就被插上了数根管子，手臂上也插上了针管。这突发的事件，让家里人几乎都受了惊吓。因为父亲平时身体很好，虽然六十岁了，一直坚持锻炼，在单杠上能连续做十几个引体向上，粗气儿都不喘。他总是说，只有锻炼是没有任何副作用的强体方法。这次的病因缘于他感冒一直没好利落，加之发病前一天晚上他接到一个电话，得知他的一个多年老友因子女不在身边，去世四五天才被人发现，非常凄凉。撂下电话，父亲心情很是沉重，结果第二天就起不了床了。医生说：身体再好，也是老人了，焦虑、劳累等都有可能诱发高血压。

隔着玻璃窗看着医护人员在父亲身边穿梭，内心很是恐慌。怕母亲着急，我拼命忍住眼泪。那一刻，突然就有一种感觉，其实生命是何等脆弱啊！两天前还是那般铿锵有力、红光满面的父亲，一个不幸的消息就把他老人家击倒了。

下午，父亲的血压和心率相对稳定一些了，我和母亲坐在病床两侧，守护着父亲。两点多，一个二十多岁的男孩儿扶着一个差不多年龄的女孩儿进了抢救室，不一会儿，她身上也插上了与父亲同样多的管子。做完这些事，医生让男的去交钱，开始询问女的一些情况。女的说：昨天晚上在一个迪厅里，我们很多人在一起跳舞，我不知道谁给我吃了一个圆球状的什么东西，半夜的时候我就控制不住地想摇头，后来的事情就不知道了。现在感觉浑身冷，脑瓜顶冒烟。医生，是不是营养都从哪儿冒出去了？她说话时不住地哆嗦着，还伸手到自己头顶上抓了一把，又用发直的眼睛看着手心。医生没有回答她的问话，让护士给她再搭上一条被子。女的还是不住地发抖甚至痉挛。一会儿，她的手机响了，正接电话时，那男的交钱回来了，表情阴冷。女的刚挂了电话，男的就冲她骂道：你是傻子，他给你吃毒品，你还跟他腻歪！听两人口音应是本地人，此时，不知他们的父母在哪里？是否知道他们风华正茂的子女因吸食毒品中毒正躺在医院里。

　　隔了一个多小时，第三个被抢救的女病人被四五个二三十岁的男女抬到了这个房间仅剩的一张床上。病人二十多岁，一直在干呕，样子很是痛苦。那些人跟医生介绍说：她喝了半瓶喷头发的啫喱水，一直在叫肚子痛。医生皱着眉头说：先去买两袋牛奶让她喝，回去一个人把那个啫喱水瓶子取来。一个男的说：住的地方太远了！医生说：她喝的什么牌子，你们知道吗？到外边去买一瓶同样的，我需要知道里边的成分。这时一直抱着病人头部的一个女的说道："医生，现在她不想喝牛奶。"医生说："必须喝，硬喝，直到恶心，看能否自己吐出来，不行就立即洗胃。"折腾了半天，她吐不出来，就只能是洗胃了。一个硬硬的管子顺着嗓子眼儿扎进胃里，那一刻的滋味定然是极其痛苦。

　　其中一个穿尖头皮鞋的人悄悄与一个小护士说：她跟她男朋友生气了，赌气喝了大半瓶啫喱水。

　　这些人看上去应是一群打工者。

　　这样的一些场景让人感到心里极不舒服。医院带给人的大多总都是些不美好的感觉。

又想起我去年遇到的另一件事。那应该是三四月的时候，一个熟人打电话请我帮忙，问我能否联系某医院一个著名的专家，为一个肾病患者确诊一下病情。在宾馆里我见到了这个病人，她叫锦秀。刚一见到这个人，我心里就有一惊的感觉，她三十出头的样子，个头适中，原形应该是挺苗条的，大眼睛，大得深不见底，但目光很呆滞，五官端庄，穿着讲究时髦。可因为生病，她现在浑身浮肿，脸色蜡黄，头发稀疏。满脸的痛苦和期待真是让人有不忍与她相对而视的感觉。她举起手按着自己的头皮、脸部，一摁一个坑，很吓人。我说，你千万不要用力摁，又安慰她说，你的名字多好，命运肯定也会不错。联系的专家全国知名，这次准能找到最佳治疗方案。因为在到北京之前，她已在当地的各级医院被各色人等诊治过几个月的时间了，疗效全无。北京这一站是她最后的希望了。

两天后，专家的治疗方案出来了，就她的情况而言，办法只有一个，那就是在病人的腰上打一个洞，从外边插进一个人造管子，与体内的泌尿系统连接，人造管的外端绑着一个塑料袋，尿液直接排在里边。一两个月换一次管子，终生如此。

这个结果让一个年轻女性怎么接受？

她痛不欲生。无论谁，怎么劝说她都不听，并说：我死也不做。家人只好带着她回去了。一个半月以后，病情加重，她已经一点儿尿都排不出来了，僵持下去，无法排毒，死亡指日可待。她先生撒谎说，又有新的治疗方法了，必须去北京，她几乎是被押解着又回来了。这时她的全身已肿得不成样子。

病痛的折磨激发了她求生的本能，最终她被推进了手术室。她的泌尿系统大部分作废了，一根外来的管子永远地插进了体内。术后她的情绪坏到了极点，多次想自杀，她的先生只好每天请两个亲友陪护在她左右。

她的生命总算存活下来了，是她的先生留住了她。跟他们接触，我几乎看到了一场经典爱情，那个丈夫是绝对少见的，他的任何言行都小心翼翼，时时察言观色，呵护着妻子的情绪。他是一个公务员，人也称得上帅气，平时好像话不多。可见专家那天，他却几乎是滔滔不绝。他说：医生，拜托你救救我爱人，她太可怜了，很小就没了妈，婚后自己又不能生育，我们抱养了一个孩子，千辛万苦养大，孩子特别好。刚要过上好日子，她就这样了，我舍不得她走啊……说到这里，这个大块头的男人眼泪流下来了。

陪着一起来的亲属都说：锦秀要不是有这么好的亲人，几条命都没了！生病后，她是又要跳楼又要割腕，她丈夫就是哄着、侍候着，不离不弃呀！也是，怎么得了这么麻烦的病呢！

两个月后，她回来换管子，情绪好多了。浮肿没了，气色也很好，她真是一个称得上漂亮的女人。我看了她的伤口，在腰部左侧，拇指粗的一个洞口，肉向外翻着，发白，什么时候排尿她自己也不知道，反正感觉塑料袋里有了就去换掉。看着插进肉里的那根管子和伤口真是让人有触目惊心之感，关键是要带一辈子啊！

怎么办呢？也得活着吧！

一幅幅病痛、不珍惜生命的画面让我真切地感到，健康何其重要！生命是最坚强的同时也是最脆弱的。记得一次吃饭，一个当医生的人说，他几乎没有任何烦恼，任何事都能看得开。听者对此话都表示怀疑，并列举了许多具体可以让人不快之事。他说：是，遇上你说的这些事有可能想不开，有一个办法能解决。只要你让自己去太平间门口站上五分钟，转过身来，所有的烦恼准都烟消云散。

是啊，他说得有道理。其实，人，能自食其力都可以划归到幸福的范畴内。只要有健康，说细点儿，男人能别忘了履行各种角色上的责任，就基本不会遇到过不去的麻烦；女人别动辄就去爱上一个男人，其他事基本都打不倒你，可以忽略不计。竞争社会不小心就把人弄到争这抢那的境地，尺度就得自己掌握好，有能力为自己为社会创造财富的时候别客气，否则也莫要声嘶力竭地什么都想要。过了，累身累心，久之必威胁到健康。一个人，从在母腹中算起，直到长成一个有点儿用途的人，自己、亲人、社会都得付出多少努力和成本！如果只使用不注意养护，要让自己回归零，却就是那么一下子的事。所以，人必须时刻理性地明白一个道理：生命的最基本使命就是好好活着。

十五号院人夜生活一瞥

每天晚上十点左右，我都会习惯地去外边散散步。因为我所居住的小区路灯十点关闭，这个时间一下子人就少下来，非常安静，走一走养心助眠。

就这一走，我竟然发现了一些很有意思的事情，值得玩味。

位于小区篮球场西侧的机械健身场地，平日总是栖息着一些老人或保姆样的闲散之人，在上边扔着胳膊搭搭腿。夜深人静出来一散步，远远地，我却发现那个场地的每一个器械上，都黑压压地运动着一个庞大的身影，走近了一看，此时在做运动的全是一色的胖子。有大有小，有男有女，他们不断发出呼哧呼哧的喘息之声，器械也被他们压得咯吱咯吱直响。有意思，难道这是一个什么民间减肥组织在集体活动？他们可真会玩儿，这个时间安静凉爽，多么适合运动减肥，折腾累了回房冲个澡，往床上一躺准是一个不错的睡眠。我有点纳闷，平时出出进进，还真没见着这么多胖子。有一天，我看见有一个器械上没人，便也去运动一下。这一运动我看明白了，其实这些胖子并不是什么有组织的，碰在一起纯属"英雄所见略同"，互相认识的偶尔还说笑一下。运动在跑步机上的是一对母女，女儿应该是一个小学生，早晨上班时，我经常碰见这位胖母亲一边牵着胖女儿，一边吃着东西，当然，女儿的嘴也没闲着，匆匆走出大门。即便是平时碰见，也几乎每一次都看见她们手里拿着吃的东西。很有意思，一边一刻不停地吃东西，一边持之以恒地减肥，也是自我生活的一种循环。

春夏季节的晚上，在绿地上散步确实是一种享受。青草花香的气息被习习小风吹得飘来荡去，阵阵袭来，多闹腾的心也会就此趋于安静。在这块草地的中间，有一个很大的圆形花坛，中间大朵鲜花姹紫嫣红，据说这些花的品种都是从美国进口的，花期很长。就是因为这些花太漂亮太招人喜欢了，园林工人不得不在花坛的外围种上多达五层的浑身长满尖刺的各种植物，以防鲜花被掐折。这天晚上，我刚刚绕过花坛，只听身后唰啦唰啦响，我下意识地猛一回头，就看见一个黑影正从花坛的正中间披荆斩棘地往外走，只一会儿的工夫，这人就拨开密实带刺的植物，从花坛上跳下，左手拿着一把剪刀类的作案工具，右手臂环抱着一捆鲜花。定睛了一会儿，我看清楚了，这是一个三四十岁的女窃花贼！此刻，她正脚踏绿地，慌乱地向位于花坛北侧的楼房走去。与此同时，正对着花坛的一个阳台的门打开了，走出一个十来岁的小女孩儿，迎向那个女人，一边东张西望，嘴里一边说着，妈妈快点儿。这定是她的女儿了。瞬间，那扇门咣当关上了。我定定地看着这一切，此刻，那女人可能正和家人美滋滋地欣赏着她深夜窃回的果实。

真为她担心，她今晚的行动是成功了，美丽的鲜花会怒放在他们家的花瓶里，但她如果一贯这样下去，她可能会毁了一朵真正的花儿，她的女儿在这样的母亲的教导下，还能健康地绽放吗？

已经不止一次，每次我散步到这个楼前停车场的位置，都会发现一个男子在围着一辆凌志车转圈。第一次我很警觉，便就地找个位置坐下来，看看那人有什么反应。脑子闪过的第一疑问是：这人难道是个窃车贼？几乎不可能，这个院里住着很多老科学家，还有驻军，任何一个陌生的面孔出现，门岗的眼睛都瞪得跟铜铃似的，贼类不太容易混进来。遇到这人三四次后，我看明白了，原来他是车主，因为有一次，我看见他从后备箱里拿出掸子，在清除车上的灰尘，动作非常轻，俨然就像在抚爱自己的孩子。我猜想，这可能是辆新车，所以它的主人每晚就寝前都下楼看一眼自己的爱车。可以理解啊，因为就此我联想到两件事。前不久，在网上看到一条消息，说回龙观小区一夜之间有二十几辆中高档轿车被泼硫酸，越是好车泼得越多，车毁得越狠。何人所为没有人知道，网上有评论说，这可能是一种仇富心理的变态行为。便又想起另外一件事，五年前，一个熟悉的朋友称得上十足的发烧车友，把自己工作十几年攒的钱倾囊而出，因当时还没有汽车贷款，便又从亲友处筹措了六七万元，凑了小二十万买了辆渴慕已久的车。当天晚上开回家，引起了许多人的注目。朋友当晚在车旁坐了小半夜，那叫高兴啊！可是第二天醒来一看，自己的那辆新车被一种尖锐的利器绕车整整划了一圈，那道深深的划痕时宽时窄，露出灰白的车皮的颜色。朋友说，他觉得那道划痕比剜他的心还疼，什么叫欲哭无泪啊！他当时就瘫坐在地上了，差一点儿没晕过去。这是何人所为？他与任何邻居都不熟悉，碰在一起最多也就是脸熟，不可能有什么恩怨。在单位和社会上也没得罪过什么人，那这划车之人是出于什么目的？难道嫉妒心能驱使人做出这么恶毒的事情来？想破脑袋也理解不了啊！何况那位朋友也不是什么有钱之人。

人的价值观不一样，有的人手里攥着二百万也不会去买车，因为那是纯消费品，玩它干吗？存在银行多少也生点儿利息，大多数中国人都以此为一种满足。反之，有的人手里只有两元钱，他就想背负压力花四元，享用上心爱之物，那也没招着谁，他人何必费心费力地把手伸那么长，祸害于人呢？还是个人素质问题。其实，小到一个人、一个家庭，大到一个单位、一个国家，只要各就各位，各司其职，各尽其责，社会应该比现在进化得好，还能省去不少政府和社会声嘶力竭地进行规范的成本呢。

这是我看到的十五号院人夜生活的一个片段，带有偶然性，不一定有典型意义，但终究对人有这样的启迪：这是否也是某种社会形态的缩影呢？

错哪儿了？

这是漆黑的深夜零时了，一直在旋转的警灯更带给人另一样的感觉。当疲惫不堪的警察皱着眉头，无奈地把那位本没有错误的小伙子"请"上警车的时候，我在心里下意识地叨念着一句话：好可怜呀！

至此，我却真切地看到了一种错误，那种骨子深处的愚钝……

事情还是从头说起。

那天称得上是北京入冬以来最冷的一天，雨夹雪，道路很是泥泞，不少地方已经结冰，中午时分，我接到一个焦急的电话，说我的一个亲戚在海淀图书城附近的桥下发生了交通事故，让我速赶过去处理此事。我核实一下情况后，迅速赶到事发地点。正在处理事故的交警告诉我，亲戚的那起事故因追尾后发生斗殴，所以把他们一干人等都带到派出所去了。

当我赶到派出所大厅时，那位三十岁出头的亲戚从椅子上站了起来，他的左脸和下颌肿起很高，下嘴唇还在往外渗血，右边的衣袖已经被撕扯破了。他忍着疼痛向我描述了事发的经过：上午，他开车走到桥下时的车速最多只有四十迈，并不快，当他看见前边的小面包刹车灯亮起时，自己也赶紧去踩刹车，可能是因为路滑，刹车没踩住，就跟前边的车撞上了。这种追尾责任非常明了，没有什么扯皮的事，他就赶紧下车，向被撞的车主道歉。这时，警察也走过来了，进一步明确了责任后，开单子收驾照。并让他们迅速把车开到路边去商讨赔偿事宜。被撞的面包车后保险杠已明显晃动，亲戚打电话到修理厂咨询修车的费用大概是三百元钱，因对方没有一点儿责任，亲戚觉得自己对不住人家，就说出五百元，让他自己去修车，然后两人就可以把车本要回，一次性解决算了。被撞的面包车司机也是一个三十岁左右的小伙子，张嘴就要至少一千元，否则休想走人。商量不成，亲戚就说那只能带他去修车了，花多少钱他付多少。对方又要求必须同坐他那辆车走。亲戚说，我的车不能扔在马路上啊，我就跟着你的走吧，去修理厂，车本都让警察收了，谁也跑不了。说完就上了自己的车。谁知就这一瞬间，被撞车主"呼"地拉开亲戚的车门，拽着脖领子就将他揪下车，冲着脸一拳就砸了过去，还没等亲戚缓过神来，鼻子和嘴部就已经鲜血直流了，接着对方又朝他的头部和前脑施暴。亲戚一直没有还手，他不想使此事的性质发生变化。结果，就被双双"请"到了派出所。

说话间，亲戚的一个律师朋友也赶来了，派出所的意见很明了，打架违反了社会治安管理条例，基于起因是撞车，跟一般斗殴性质不同，所以，让双方先商量解决，不成，派出所再按法办。

双方必须平静地坐下来了。被撞的司机表面看上去甚至有些腼腆，无法相信亲戚的鼻青脸肿、头破血流跟他有关。律师说，天气不好，路上发生剐蹭都很正常，就事论事，你怎么能下狠手打人呢，也没有什么前世恩怨。他显然已经后悔，转脸对亲戚说，大哥，对不起了，你就赔我点儿钱算了。亲戚也是年轻气盛，还流着血，就生气地说，那你把我打成这样怎么算？

商量半天的结果是对方对自己打人一事不想负任何责任，还要求亲戚赔他修车钱。派出所的人看到亲戚伤势不轻、疼痛难忍，就开了单子，让亲戚去医院瞧病。

到了这一步，有点儿治安常识的人都明白，看来要公事公办了。因看被撞的司机虽然就认要钱，但本色应该是一个老实人，亲戚自己感觉也不会有太严重的内伤，就不想把事情闹大，否则都麻烦，便提出撞车白撞，打人白打，扯平算了。对方却不依不饶，坚决不同意。一定要钱修车，律师说，兄弟，你被撞时可以这么理直气壮，关键是现在你动手打人了，派出所要追究你这个责任，你把人打成那样，去医院所发生的费用都得你出，至于修车那是交通事故，两码事，你把账算清楚了再决定。否则，咱们就按公办的程序走。那人说，随便，我就是要钱。

亲戚这时真是生气了，站起身就直奔医院了。

到医院只对头部做了几项简单的检查，就花掉1300多元，最终法医鉴定结果是不低于轻伤害。

这个结果对那个被撞的小伙子极其不利了，按照治安管理条例，鉴定结果是轻伤害就可以对违犯者进行刑事拘留。当他得知自己要承担1000多元的药费等责任时，开始慌了。但依旧强调说，是他撞的我，他得赔我修车的钱。

警察耐心地解释说，派出所只管解决你打人的事，交通事故你得从这里出去再说。

事情僵持住了。得承认警察办案是很尊重人性的，从中午到晚上十二点了，他们一轮又一轮地做那个小伙子的工作，事情发展到这种地步，最简单的结果就是请他赔付药费，亲戚去给他修车。但他死活就是不同意，并说，拘留就拘留吧，我就是不出钱，谁让他撞我了。他的意思是你撞我就是不对，所以我打了你，应该打，我赔什么药费。这让在场的人都不能理解，事情本来很小，可是他却如此顽固僵化，一步步地把事态扩大，损人也不利己。

最终警察请他按手印，拘留！派出所总得结案呀！

走到一楼大厅时，我们看见一个民工样的人和一个时髦的小伙子走上前跟他小声说着什么。自从出事以来，就没有发现有什么人来看过他，难道这是他的家人刚刚赶到？

自始至终，包括警察在内，没有人愿意看到这样的结果。我们赶紧凑上去对那两个人说：你们若是他的亲友，就劝劝他，别那么固执，服从警察的劝解，干嘛一定要让自己遭拘留呀！犯不上啊！

那两人却连连摆手，说我们不熟悉，不熟悉。

就在警车门打开，那个小伙子上车的一瞬间，突然，从各个黑暗的角落里呼啦啦冒出了一二十个人，在场的人都吓了一跳。一问才知道，都是他的亲戚或老乡，已经在外边等很久了，其中有一个岁数大一些的人，指着趴在车门的女人说，那就是他爱人。

我赶紧走过去，对那个女人说，你来了太好了，快跟警察说说好话，就说你们同意和解，这样你爱人就不必被拘留了。谁知那女人连连摇头说：我们绝不掏钱，我不是他爱人。

我怕她误会，赶紧告诉他说：药费一共一千多元，我们不会再有其他药费了，明天还去给你们修车。大家都不认识，干嘛因此去坐牢呢，实在不应该这样。事已至此，我们单方面同意说不行，派出所必须结案，不能再固执了！

那些人真是太奇怪了，在我再三解释下，依然不醒悟，就那样让警车开走了。

事后，我们才明白了，其实，那个被撞的人知道自己打人要负全责的，他害怕赔药费，宁肯选择被拘留。看驾照他是山东人，而留给派出所的地址根本就是假的。拘留最多十五天，过后他不赔药费，派出所也得放人。这种分析他早已通过电话告诉了家人……

仅仅为了免于赔付那一点点的药费，一个人就选择了放弃自由两个星期吗？真是让人不好理解，他至少有一辆面包车，不是一文不名的穷人，怎么可以让一点儿小钱支配成这样？也许更深层次的原因才真是可悲的呀！

平凡的伟大

人的惯常思维会觉得，非凡的人和事一定都是撼天动地气势磅礴的，离世俗较远，而且都是很久远的。可是，一段时间以来，当两个不寻常的人不时让我心生赞叹和敬仰的时候，我突然就想到了杰出这个词……

先说欧阳大夫。

欧阳大夫在业内是很权威的脑外科专家，北方人，高大，说话声音洪亮，笑声爽朗，言谈举止挥洒自如。总之，看欧阳大夫说话办事，你会觉得天蓝地阔，坦坦荡荡，世间事没什么了不起的。医生的天职当然是治病救人，从欧阳大夫手下死里逃生的人许许多多，而一个老太太的故事最为传奇。

夏日的一天，急救车一停在欧阳大夫所在的这家医院门口，车上先跳下四个四五十岁的壮男人，表情一致，都是一脸焦虑，长得也很像，原来是兄弟四人。躺在床上的病人是他们七十多岁的老母亲。因脑瘤压迫视神经，老人视力几近失明，当地医院无法收治，四个儿子都是孝子，这才雇急救车长途呼啸着转院到这里。专家会诊后得出的结论是，脑部肿瘤长得过分大，与多处重要神经牵连，手术风险巨大，建议保守治疗。儿子们刨根问底才知道，所谓保守治疗也就是等待死亡，基本撑不了多长时间。前三个儿子望"母"兴叹，最小的儿子却扑通一下跪在欧阳医生的脚下，请求欧阳大夫救救他的母亲。原来，专家组在讨论此病人能否手术的问题上有些争议，欧阳大夫坚持说，风险是大，可不手术病人的生命危在旦夕。最小的儿子耳朵尖脑袋瓜也尖，生生就求上了欧阳大夫。欧阳大夫真就没含糊，救命永远是他的天职，还有什么比拯救垂危的生命更重要？每当这种关键时刻，他都很果断。

排除杂念，欧阳大夫悄悄地把老人安置到另一家医院，他以外聘专家的身份到那家医院对老人实施手术。奇迹出现了，老人的头颅刚一打开，"啪"，那个四斤多的大肿瘤就急不可待地蹦了出来，干干净净蹦出来的，与周边几乎没什么牵扯，在场的人们都吓了一大跳，连病理都不必做了，恶性肿瘤不会是这么干净，周边且牵扯呢。欧阳大夫不用动手了。助手把打开的头颅缝合后又静养了一段时间，老人不但重见光明，身体几乎全部健康起来，被四个大儿子簇拥着欢欢喜喜坐火车回家了。老人至今已八十多岁，身体硬朗。他的小儿子每年春节必登门拜谢欧阳大夫，风雨无阻。

一个行医的理念，留住了一个生命。

听过这故事的人都禁不住要问，万一有人说你是为了挣钱怎么办？你们医院知道了会不会追究你什么啊？病人万一从手术台上下不来了家属翻脸怎么办……欧阳大夫的回答言简意赅，他说，若为了挣钱，手术完了我没多拿一分钱；到那家医院参与手术属正常工作交流；手术之前已就可能出现的后果让家属签字，翻什么脸？人只要清醒并从专业的角度出发去从事，别被私欲杂念和他人意思不详的言行左右，就没什么。出发点只有一个，救命，有一线希望就得竭尽全力，医生最大的使命就是如此。说完，欧阳大夫的笑声依旧爽朗。

另一次，那还是欧阳大夫年轻的时候，他与一位名望颇高的老专家同做一台手术，头颅打开了，在摘肿瘤的过程中，一根细细的东西与肿瘤紧紧纠缠，这让两人产生了分歧，老专家说那只是一根普通的毛细血管，剪断无大碍。欧阳大夫坚持认为那是一根重要的神经，剪断会导致病人瘫痪。僵持的结果是按神经处理的，病人逃过一劫，欧阳也得到了老专家的认可。这又不寻常，一般的年轻人哪敢在权威的老者面前如此这般坚持自己的观点。看来，艺高人胆大。而且，心底无私天地必然宽阔，欧阳大夫很久之前就在践行这句话的深刻内涵了。

我要说的另外一个人是老中医王大夫。

二十岁左右的时候，一到女性每个月的那几天，我的身体就很不舒服，有时伴随难以忍受的疼痛，母亲按民间配方给我冲泡了各种花叶水，喝了若干次，没管用。之后又多次看医生吃了各种西药或中成药，还是没有任何改善。母亲就催我去看中医，一想到中药味都要呕吐，我便一拖再拖。大概三年前吧，症状越来越重，我只好到处打听哪里的中医好，被推荐的三家确实都是京城的大医院，我起早半夜去挂了专家号，后来虔诚地坚持吃了一个多月的药，结果都以无效告终。

毛病在身上，当然还得看。这次我不再相信什么名医名院了，去了离家最近的那家医院，挂了王大夫的号，专家栏上介绍说王大夫主治妇科和哮喘。

王大夫穿的白大褂领子处露出的是中山装，他慈眉善目，一脸的平静祥和，主要是不躁。通常我们去医院，总感觉医生急急慌慌，诊病三下五除二，重点就是开药。王大夫很不同，坐下来不慌不忙地先平视病人，找到你的眼睛了才开口说话，问清病情，然后诊脉。我认为对话时能看着对方是一种基本的礼貌。诊脉时他极专注，眼睛凝视着某一处，全部的精神聚敛在病人的手腕上，一丝不苟。多嘈杂的声音也打扰不到他。在他的神情感染下，被诊的人甚至能看到自己的脉搏在医生的手下像小兔子一样跳动，左右手交替着。之后，王大夫双手交握似乎考虑了一下，才开始开药。他说出每一个药名后边都会跟一句解释，比如"补气的""想得太多""要安神"等，那后边跟着的话都简练易懂富有人情味，是对病人解释病因病情还是传授给对面的助手？意思都有吧。助手写的药方工工整整，这必然也是传承了王大夫的品质：一丝不苟。以往，也许因为本人眼拙，拿到医生的处方能看懂的不多。

想想生活中，挂在人们脸上的笑有多少是发自内心的呢。而且，医院本就不是什么美好的地方。可是，我注意到，坐到王大夫面前的病人，表情都很放松，甚至不自觉地就微笑了，不像通常的病人那样愁眉苦脸的。看完病站起来的那一瞬间，病人又都不自觉地哈一下腰，那意思就是想对着这位八十多岁的老人鞠一躬，因为在这里，你得到了尊重，你的病痛也仿佛一下就轻了很多。真想建议卫生部把王大夫的表情制作成标牌，挂在各家医院最醒目的地方，代替那些冰冷的标语口号。

几十元钱的五服药吃下来，又巩固一周，效果立竿见影，十多年的毛病一下改善过来，身体的舒爽让我吃惊不已，对中药肃然起敬。那段时间，我见到亲朋好友，两句话没说完就扯到中药上，并建议他们没事调理一下身体吧，都去找王大夫看，弄得人家以为我是医托呢。

事缓则圆。王大夫每天只挂十个号，这自然是重视效果的体现。他的每一个动作都慢，直到让自己能清晰地从脉象里听出与健康不和谐的杂音，举手投足都透着一种连贯性，甚至很艺术，由此我觉得中医的确是博大玄奥的。这定然是跟年龄和资历毫不相干的。

和平年代，一个人的境界和情操就是在这种平凡的为人处世中表现出来。现在，衡量一个人的价值和成功有多元的标准，敬仰不需要一声令下。不知道我遇到的以上两位医生在他们那个圈内是否著名或著名到什么程度，但他们在我的心目中就是杰出的。

巧笑倩兮为哪般

周六，我和母亲陪着小儿去买书，转了一上午都很累，就决定去吃快餐。

这家快餐店靠里边有一部分是用屏风隔开的，我们找了一个靠窗的位置，坐下来后，才发现旁边桌坐着一男二女，男的瘦高，三四十岁的样子，对面是两个二十多岁的女孩儿，一个是胖子，一个脸蛋儿甜美，算得上中上等的美女吧。他们的桌子上放着若干个啤酒瓶，三人都叼着烟，谈笑风生，旁若无人。我们本想换个位置，但所点的快餐很快端上来了，就不好再挪动。我们一声不响地吃着东西，因为安静，旁边的高谈阔论就更一字不漏地传了过来，只听那个漂亮女孩儿说道：我今年的目标是整垮一个企业，拆散两个家庭。一听到这儿，我母亲立刻把筷子放下了，不安地环顾着左右。不谙世事的小儿在他们的高音带领下，声音也明显比平时高很多地大声问道：妈妈，怎么整垮一个企业呀？然后就期待地望着我。那一瞬间，我明显地看到了母亲和小儿的脸上都是疑惑。

我愣了一会儿后，轻描淡写地对孩子说：那是大人的玩笑话，解释给你，你也听不懂。母亲这时显然已经转过神来了，又轻声地补充道：他们说的是酒话，疯话，小孩子不要听。

本来就很疲倦，我们草草地吃了饭，扶老携幼地迅速撤离了那个环境。走在路上，母亲非常不解地对我说：现在有些女孩子开放得不对呀！怎么还愿意给人家做小的呢。旧社会穷苦人家的孩子迫于生计，无可奈何才去当小老婆，那都是悲剧。而现在的女孩儿却心甘情愿往上扑，难道就是个"钱"字闹的？

母亲退休在家，早已退出社会角色了。听她说这番颇有些洞察力的话，我差点儿没笑喷。她接着说：电视上天天都演这些乌七八糟的东西，对世界观不成熟的孩子影响特别不好。

我接着母亲的话说：电视上演的东西也反映了一定的社会现实吧，存在就有其合理性，但不是主流。这个话题是沉重的，也很复杂。当事者是为了爱情，为了情爱，还是为了钱，只有她们自己心里最清楚。因为这时，我想起了一个我所认识的女孩儿。她二十三四岁，喜欢文学，经常跟我谈这个话题。她大学毕业后在北京打工，租房与一个四十岁左右的男人同居。她认为这种生活挺正常的，从不遮掩。那个男的看上去很儒雅，动辄就写点儿古诗词什么的。春节前的一天，女孩儿突然给我打电话，郑重地向我询问一个很严肃的问题：姐姐，你帮我拿个主意，我要不要把他的家拆了？我很吃惊，才知道那个男的原来是有家的。我说：你知道他有家，就不应该走这么近。她哭了，说：开始他没说，我就糊里糊涂跟他走到一起去了。知道后，已经有感情了，断了好几次，就是离不开，分分合合的感情还越弄越深。现在他老婆跟他儿子联合起来闹得很厉害，他就开始摧残我。在我这儿睡前半夜觉，大半夜了还往家狂奔。过年过节从不管我死活。节过完了，又死乞白赖回来了。我拯救不了自己，但他也太自私了，我心里就是不平衡。我不跟他结婚，也得把他的家给拆了，凭什么让他无偿使用我的大好青春？何况，这一段生活对我的人生会产生不可估量的坏影响，难道他就不负一点责任吗？凭什么折腾够了，他就可以恢复原状，我却要一个人去付出巨大的代价？

这话说得多明白呀！

然而，有过类似经历的人可能都形成一个社会阶层了，我这等传统之辈哪里有解决的高见。我只好安慰她说：我差不多比你大一轮，我的看法会跟你有代沟的。我说什么都仅供你参考，可别耽误你成长。你很聪明，我想举个例子帮你分析一下这件事。因为你的主题词是拆，所以我们就假设他的婚姻是一栋房子。这房子如果特别结实，你拆起来也得花很大力气，大到可能会让你动真气乃至伤到元气，称为内伤，这种伤很可怕，很有可能伤及女人一生；即便这栋房子本身就已很破败，你拆的时候依然会左边掉砖头、右边掉瓦片，眼前尘土满天飞，顾及不好也会把自己弄个遍体鳞伤，可称为外伤，其产生的疼痛感可能是阶段性的。哪种选择似乎都不太可取吧？

　　她早已按捺不住地说道：你在偷换概念，房子是房子，爱情是爱情，不能同日而语。我说：人在没长好的时候，比如一二十岁时，对很多问题认识都是不准确的，特别是女孩子，常常以为爱情比命重要，太重要了。可弗洛伊德称得上爱情和精神的大师了吧，他却说，爱情仅仅是动物性的表现，是一种性冲动，是原罪。女人把它看得太至上，甚至不计后果，那是有点儿走极端的，算极端分子。爱情当然是美好的，可那真真是需要双方精诚无私合作才可能达到的境界。事实上，真爱就是要为对方付出，不能用米尺或天平等测量工具去计量得失，哪里寻得到真正的平衡啊！再说点题外话，恐怖事件都挺恶性的吧，那全是极端分子干的。

　　那边她不说话了，只有抽泣之声顺着话筒爬过来，我也被感染得有些伤感。又劝她说：现在社会节奏很快，人的压力都很大，别再人为地给自己加砝码。很多事情用忍耐来对待是挺残忍的，但与其他方法和手段比较起来，成本基本还是最低的。把力气使在这等事件上是很愚蠢的，几败俱伤。跟不相干的人你都能与人为善，又何必与自己所爱的人动粗呢。何况当初你们在一起是为了爱情，对方也没承诺给你婚姻吧。等一等吧，时间是最好的平衡器，也许过一段时间，他自己把他那边的战场收拾干净了，以单身的角色回到你身边，那多顺畅呀，也没有后患。

　　我知道自己的说法有些偏激，对于她甚至是残酷的。因为她的情绪很激动，我必须给她泼冷水。这个女孩儿品质不错，人也善良，向她传递这样的信息我觉得是对的。同时还因为我受着脑海中储存的另外一件事的影响。

有一天中午，与几个朋友聚餐，大家谈到教育的话题，有一位五十多岁的男士说，他的儿子才上小学。看到我们的表情都有点惊奇，他解释说：二婚生子嘛！其中一个人马上开玩笑说：您这梅开二度就算赚着便宜了，又生贵子等于活两遍呀！那人表情苦涩，连连摇头说：非也！人呀，最好别弄这二茬，太累！

本来，下午要上班，大家都没怎么喝酒，可那人在不知不觉中自斟了不少，没一会儿脸就特红，话也多起来。他说：在座的先生们，我奉劝你们一句，生活不可太随便呀，男女这等事惹上了没有三年过不去。就说我吧，我现在这个老婆小我十四岁，与我感情至今也还行，但是矛盾也不少，而且这些矛盾跟原来那个家的矛盾大同小异，只是更复杂化。我离婚时，原配夫人和儿子恨死我了，发誓断绝一切往来，恨不得把我从地球上开除。娘儿俩家也搬了，孩子也转学了，整整十年音信皆无。去年还是联系上了，一见面看见儿子比我高比我壮，前妻真是有点老了，眼神里空空洞洞的，喜怒哀乐什么都没有。十年呀！儿子握着我的手，眼泪忍不住地哗哗而下，三个人哭成一团。时间能改变一切，怎么闹，我们也互相都是亲人呀！现在倒好，岁数也大了，两头都得顾，心太累，当初，就因为挣两钱闹的。

其实，没有人对他的故事感兴趣，他就是想倾诉，他诉了，我们也就听了。

这个故事又涉及另一个女孩儿，她得到了婚姻，可通过她丈夫的这一番真言，她的生活是否幸福，也就很难说了。回到开头餐厅那一幕，据说，那个漂亮女孩儿所持的观点在她那个年龄段的人群中具有相当的认可度。简言之，就是她们试图通过傍上一个成功男士，加速度完成原始积累，直接过上高一层次的生活。这种生存方式无所谓对错，是愿打愿挨的事。而且现在的社会是宽容的，不用说小女人找老男人结婚，就是同性恋结婚，在西方好几个国家都受法律保护了，都是私人生活，不足为奇。从社会进步的角度说，也是一种文明。然而，越是这样，我们的女儿们才更需要练就火眼金睛，往深了看个一二十年，再把青春赌出去，不迟呀！因为拥有了豪宅名车等优越的物质条件，不是幸福的全部。重要的是人的美好生活更需要自由平等和尊严来维系。

第四辑

斋眼素心

回乡偶拾

我们每天都在接触一些人和事，但能在记忆中留下印迹的却不多。我曾耳闻目睹过的几个镜头，因之蕴含着一种耐人寻味的东西，每每想起，内心都会徒生起一团团暖意……

两三年前，我随父母回老家扫墓。因墓地在一个斜坡上，我们的车不能开到近前，需要走一小段路。在这一小段步行时，与一个四五十岁的牧羊人碰了个对面，他笑盈盈地打招呼说，回来了？我们答应着的同时又面面相觑，以为他认识我们。我父亲回到故土本就有些兴奋，此刻马上呈上满脸的热情，似乎要展开一段交谈。那人却完全没有此意，只是随便打个招呼，早已走过去了。我父母就猜测着这人可能姓张或者姓李，并感慨地说，大城市的人邻居之间其实也就是一步之遥，有的毗邻了若干年都不曾打个招呼，真不一样啊。

扫过墓后，中午在一个表叔家吃饭，表叔家住在镇上，做粮食生意。站在他家的窗子前向外望去，人流熙来攘往，有挑担推车做小生意的，有把货品摆在马车或拖拉机上的，可停可走，是流动的摊位，也有小轿车不时按着喇叭穿梭其间。大姑娘红小媳妇绿，孩童嬉闹老者蹒跚，猫闲适着狗激动着，被交易的鸡鸭牲畜不时发出嘶号的怪叫声。看着这好不热闹的场景，恍如《清明上河图》在我的眼前复活了，只是这窗外的景色已不是农耕文明的聚集地，而是有更多的工业符号夹杂闪烁其间，是现代农村经济发展的缩影。

表叔家有偌大的院子，外边的一块空地上，是他家栽种的一小片葱，苗壮翠绿。在我们停留的三四个小时内，我发现有五六个人陆续迈过栅栏，从容地进到葱地，哈下腰揪葱叶。每个人直起身的时候，手里都攥着一小把葱叶。那葱叶新鲜欲滴，拿回家或生吃或炒个鸡蛋想必都是满口溢香的。我问表叔，他们怎么随便去揪葱叶，也不打声招呼。表叔说，都是邻居，几根葱，没什么的，半条街的人都吃，年年夏天都是如此。表叔的回答和邻居们的行为一样，完全是纯天然的状态，我立时为自己的疑问深感惭愧。

在表叔家吃过饭，下一站我们驱车去看望相隔五六里路的一个姑姑，那里是地道的北方农村。

在姑姑家待了好一会儿了，始终没看见姑父出现。姑姑叹了口气说，找驴去了，不争气的东西。我们有些吃惊，因为姑姑这句话没有主语，所以没听懂她在说谁不争气。表弟一笑解释说，家里的驴最近恋爱了，整天泡在村西头老王家，我妈他们觉得我们家的驴是女方，老主动往人家跑不合适，所以生气。我们一听都觉得特别有意思，就急于想看看恋爱的驴什么样。一行人刚出得大门，就看见姑父从村西边后退着往回走，高举的右手不停地摆动着，嘴里"嘚儿嘚儿"地叫着。在他的正前方，一只斗志昂扬的驴止阔步跟着他往回走。姑父转身跟我们打招呼，就这一瞬间，那驴突然掉头又往回去了。姑父显然很生气，在路边抄起一根棍子就去追那头驴，嘴里高一声低一声地叨咕着一些听不清的话，并不时地抡起棍子，却始终没有让它落在驴身上。许是在棍子的威慑下，驴又转回身跟着姑父往家的方向走，一前一后。快到家门口时，那头昂扬行走的驴却突然像被谁点了穴位，戛然停住，前腿弯曲，身体前倾，拉开了运动员要起跑的架势，雕塑般立了那里。此时的姑父并没有进一步愤怒，只是冲我们笑了笑，又"嘚儿嘚儿"地叫起来。正在我们有些紧张之时，那驴两前蹄奋力一蹿，非常有爆发力地狂奔起来。只听说过疯牛，难道也有疯驴？我们惊恐地不知何处躲闪，就地躲靠在墙边。待跑到自家门口过一点时，它猛然急刹车停住，然后旁若无人般大摇大摆地进了家门。经过姑父身边时，感觉它偏头看了看姑父，似乎在说：逗你玩。姑父在驴身上拍了两下，嗔怪地说，明儿一天你休想再出门。

姑父和驴之间的交流充满了人性，就是人和人之间也未必都能有这样的默契和诙谐。甚至可以说，完全意义上的轻松交流在人类也是难能可贵的。这场景完全是一幅生动的乡村油画，让人骤然生发出一片唏嘘，内心有一热一热的感觉。

朴实的真情，呈现着自然的本性，还是在乡村最为多见。

准确地生活

面对一个阳光明媚的早晨，我们通常都会有一份好心情。可是，此刻，我又被堵在西四环上，前后左右一张望，真真是车海茫茫，所有的车都像蜗牛似的一点一点向前挪动。同时，我坚信，有一种烦躁也正一点一点包抄过来。关键是这样的堵几乎经常性的，再沉着的人也会厌烦了。最近，我认真地统算过，得出了如下的结论：上班时间是八点半，如果我在六点半左右开车出发，大概半小时肯定到单位了，太提前了。如果我晚半小时出门，那就要赶上堵车，可能会迟到。就是说，本来半小时的路，如果我在上班高峰出门，我在路上的时间将被延长一两个小时，如果我改乘地铁和公交车的话，因城内基本都已辟有公交车专线，我花在路上的时间最多一小时，这个时间基本是有保障的，我不必为回避高峰而改变自己的生物钟，这是时间的成本。而从经济的角度说，往返的乘车成本是十元钱内。

这样算来，开车上班既耗时间又不经济，这是何苦呢！如此便对关于汽车是代表着生活质量的提高等的种种说法产生了质疑。由车的消费我想到了一个很严肃的问题：置身于现代生活中，很多时候，我们是不是生活得有点太夸张，甚至是盲从？

与一个三十四岁的骨感女子聊天，她正被一个很隐私的问题困扰着，说道：你帮我分析一下，这辈子我到底还要不要生个孩子？我一愣，并认为这是她与一个男人的合作事宜，我不方便告诉她答案。她一脸愁苦地说：我是真的很难做出选择，有三个问题纠缠在一起，互相制约。首先，似乎根本没时间去做这事，房子车子的贷款就像泰山似的黑压压地在脑后方悬着，丝毫都不敢怠慢；其次，三十多岁了，一生孩子，我这一身料峭的美可能就会荡然无存，再找工作时肯定受影响；即便这样，我实在太喜欢孩子了。你说上帝为什么对我这么残酷！

看看吧，一个白领，房车具备，基本上美丽，还有这么深的苦痛。我问她：他呢？她说：我的先生已经很努力了，他的工作性质是有活时三四个月在外地，干完活回到北京，我们俩互相都快不认识了，没活时底薪只有一千元，每当这时候他就唉声叹气地抱怨科学发展太不到位，为什么不发明一种叫小钱的种子，春天种下去，哗——秋天丰收了，长出一片大钱，咱那贷款一下不就还上了，我也好喘口气呀！——就这种情况下我辞职去生孩子是不是练胆儿呀！真有些后悔，当初就应该先住着那个一居室，先把孩子生了，再去谋其他大事不迟呀！

我听明白了，她苦恼的症结还是经济压力所致，便又想起朋友老彭的事。应该说，老彭是很多人的朋友，而且是那种说真话办真事甚至遇到难事时就能把他当肩膀用的那种朋友，这缘于老彭的好品行和好修养是极其稳定的，与其交往不用提着根神经。他的质地即已像一个概念一样有了一定的认可度，必是具备了一种要素：心胸豁达。可豁达的老彭最近两年变得沉默了，甚至有些沉重。一聊才知道，他为了给上大学的儿子备下套房子，自己贷款买了套大宅。目前，收入与贷款没有出入，可是，这几千元的贷款月月在后边跟着，催命似的，人就是有一种无形的压力。再花点儿什么小钱且犯嘀咕呢。用老彭的话说：五十岁的人了，一下没小心，就把自己弄到"负翁"的阶层中去了。

关于贷款消费的话题，前两年流传着一个美国老太太和中国老太太的故事：美国老太太死时说，我终于还清买房的贷款啦！而中国老太太却说，我终于攒够买房子的钱啦。故事反映的道理很简单，美国老太太承受着贷款压力，但也享受了；中国老太太省吃俭用一辈子，也没能住进大房子。我坚信，这个故事曾经给很多贷款消费的人带去了鼓励，甚至对国家倡导提前消费这个宏观经济政策都产生了积极的影响。今天花明天的钱，简单听上去是个便宜，从观念上来说也肯定是一种前卫的表现，而实际上，个人应用起来必须理性，先把自我承受能力以及自我潜能尽量预见准确些。因为花明天的钱并不是花别人的钱，天下永远没有免费的午餐却是真理。如果因提前消费全面激活了个人生存本能，并使自身有了愉快的发展，一切的生活都在良性的轨道上循环，那就太完满了。反之，如果因对自身估量不足甚至为了虚荣，而置自己于焦虑甚至声嘶力竭的境地，那就是本末倒置了。

在任何时候都有自我定力，用理智指引生活而不是被欲望牵着鼻子走，你才不会被花花绿绿的外部世界所左右。没有什么是绝对的，社会发展有时也是不准确的，其责任由整个社会承担，一个人发展得不准确，后果可能就会影响人的一生。如果一个国家的繁荣是虚假的，当地的经济会被称为泡沫经济，国家失去的是民族的诚信。而如果社会的最小单位，即一个人或一个家庭中出现了泡沫经济，那种打击就很具体了，这泡沫就有

第四辑／斋眼素心

可能会把不清醒的个人或家庭淹没。

其实，快速的节奏，缤纷的世界，恰恰是为人的生存提供了张扬个性的空间。我们不激动不抱怨，省着力气科学地把自己的生物状态调理准确，弄出最适宜自己存活的状态，在此前提下，贷款享用大宅豪车，并为此疲于奔命也愉悦；或者说我只喜欢素淡的生活，就像李煜诗曰：一壶酒／一竿身／世上如侬有几人。这也未尝不是人生的一种大境界。

父生母鞠

前不久，我居住的大院发生了一桩惨案。与我家只一栋楼之隔，一个四十七岁的女人从九层楼上一跃而下，当场自杀身亡。从她所留的四封遗书中得知，她做出如此选择的主要原因是因为上高三的儿子整日上网，不好好学习，让她绝望。

之前，我也看过一些关于孩子上网成瘾，导致母亲做出极端反应的报道，印象最深的是天津一个十三岁的孩子母亲从四层楼上跳下致重残，卖掉房子才付得起巨额医药费保住生命，但可能要终身瘫痪。这位母亲是摆摊卖早点的，本就不富裕的家庭要走向哪里呢？这些惨痛的事件太悲剧了，毁掉的不仅仅是一个人。在第一个惨剧发生时，我看见那个十八岁的儿子呆愣愣地站在那里，恐惧、苦痛、愧疚等无助的情绪交织在他还显稚嫩的脸上，那般痛苦的表情让人感觉活着也许比死亡更可怕！

我也是一个母亲，这种事就发生在身边，不可回避地影响着我的情绪。母爱肯定是最伟大的爱，可是这样的悲剧该怎样解释呢？

　　我最先想到，这位母亲很可能是抑郁症，至少也是抑郁状态。果真如此，就没什么可说的了。抑郁症是实实在在的大脑疾患，竞争的社会环境、自身性格、重大突发的刺激事件等主客观原因都有可能是致病根源。得了这种病浑然不知的大有人在，或者知道了却没有科学对待及时治疗，完全可能导致轻生。而一些负面因素，比如说儿子上网不学习最多是一个诱因，为此做出决绝的选择只是一种病态的说辞。真希望这位母亲确实有病，这样，可怜的儿子可以稍稍解脱一点。

　　其次，有几点疑问也让人费解。孩子能否正常成长，大体与家庭、学校、社会三个主要方面有关，其中家庭教育的重要是不言而喻的。过去，社会竞争还不太激烈的时候，大部分的人都是顺其自然成长，而在当今社会，情况已大不一样，左右孩子成长的因素有很多。哪个阶段选择什么品质的学校对下一步的去向非常有影响，比如，上不了好高中，上好大学的概率就大大降低了。目前，城市的一个小生命诞生了，父母自此也便展开了一个程序繁杂的系统工程，此工程可能将要让你劳作大半生，养育、培养、规划等等程序一环扣一环，哪一环没到位都会影响下一程序的状态。一个丁克女就曾经对我说过，她没有信心要孩子，因为自己和先生很多年内都得为房贷和车贷当牛做马，最害怕的就是失去工作。不能让孩子过体面富足的生活，为什么要让他出生呢。且不去评价她这种选择，但这选择至少说明一点，今天的孩子能长成什么样子，对家长的综合实力确实是一个考验。让一个孩子荒着长，能成人成器的可能性不太大，除非是天意，因为大环境是竞争社会，竞争的成分里包含多种元素。既如此，作为一个家长，首先，应对自己的资质进行确认，即你对孩子提供的教育条件是否相对优异，同时还要将自己未尽的理想合理化后，如此得出的期待值才相对科学，也不至于让自己太失落。再说以上的惨剧，应试的教育体制下，儿子高三了还不把学习当回事，可以肯定地说，他是一个失败的教育结果。此时，母亲若理智面对，先从自身找原因，十八岁前，孩子还未成年，变成今天这样，家长至少有监管不到位的责任，这样想问题，就不应该对儿子绝望。

还有一点，也许这孩子本身就完全不是读书的料，为什么一定要强其所难呢？最深刻的爱是宽容，孩子实在不能通过读书成才，作为家长，去发现他的闪光点，再去重新规划人生同样有出路，条条大路通罗马。一个人刚刚步入成年，心智处于半生不熟的状态，父母的引导何其重要啊！怎能撂挑子走人呢！怒其不争、望子成龙的心情可以理解，但以死明志，用跳楼这种惨烈的方式来唤醒沉迷网络的儿子，只能说这是最大的不负责任。最差也可以有点道家的风范，无为而治，相信儿孙自有儿孙福吧，每个生命都是独立成章的，你总不能替孩子去生活，就让他顺其自然呢。记得易中天说过一句话，最好的教育就是不教育。

母亲纵身一跳的那一幕，恐怕会伴随孩子一生，他的心灵永远被铐上了枷锁，让他终生生活在忏悔中。孩子如果承受不住这样的压力，会不会又发生新的惨剧？无法想象。

高尔基说：爱自己的孩子，这是连母鸡都会的。此话可以给做父母的人多少启迪啊。人类爱子女的崇高之处，重要的是冲破私欲的桎梏，融进更科学的内涵和更高的社会责任感。父母和子女沟通也应建立在平等、尊重、信任的基础上，通过这样的交流，取得有效沟通，达成共识，愉快成长。作为成年人的父母，一定要具备常识的认知，爱是天性，是伟大的，若发生畸变，就必然是悲剧。

付出的补偿

　　生活中，一说到责任，恐怕大多数人都会在瞬间严肃起来，因为表面上看，具体到自我的责任有时是压力，甚至会让人有一种负重感。其实，把眼界稍微放宽泛些看万事万物，就会悟出一种道理，责任更是一种心态，有良知的负责还是一种付出。而任何付出都是有回报的，通常的回报体现为物质，是看得见的，精神的回报常常被忽略，但之于人的意义却价不可估。

　　赫本是二十世纪五六十年代的著名影星，她有两项纪录很不寻常：一是她结过多次婚；二是她从没看过心理医生。这令一位叫史塔勒的医生非常感兴趣，因为他常在半夜接到一些著名主持人和影星的电话，请求他给予心理上的帮助，史塔勒作为心理学家，对大多数人的问题都能迎刃而解，但有些人，却令他一筹莫展，无能为力。这些人都是一些大腕或富豪，他们衣食无虞，崇拜者如云，看上去是一群世界上最幸运的人。

　　史塔勒获知赫本的两大纪录后兴奋无比，好像在黑暗中发现了一抹曙光，他决心对此进行深入研究，也许会获得精神学上的一些新发现。他查阅了二十世纪六十年代的报纸，找出有关赫本的所有报道。他发现赫本区别于其他影星的不仅仅只是这两点，比如说，赫本曾息影八年，这对一个影星来说是不可思议的，在好莱坞的历史上没有先例。要知道，在当时，作为影星，息影一年就等于洛克菲勒家族在田纳西州封存一口油井，经济上的损失显而易见。另外，史塔勒还发现，赫本曾做过六十七次亲善大使。尤其是1956年至1963年间，她几乎每个月都到码头、监狱、黑人社区做义工。有一次，她甚至谢绝贝尔公司每小时五万美元的庆典邀请，而去医院给一个小男孩做护理服务。总之，赫本的最大特点是，她总能拿出很多时间做无报酬的亲善工作。

史塔勒对这一发现非常重视，他认为这里面肯定蕴藏着心理学方面的某种东西，为了能得出一个圆满的答案，他推而广之，对其他乐于公益事业的名人和富翁进行研究。最后，他发现这些人很少有怪癖及其他不良记录，他们同赫本一样，也几乎没有看过心理医生。后来，他把这一发现应用到他的那一批特殊病人身上。好多人接受过医疗或忠告后，一扫过去的阴霾，变得积极乐观起来。有一段时间，好莱坞甚至掀起了一个争做联合国大使的热潮，人们争着去非洲的索马里，去科索沃的难民营，因为他们在慈善活动中发现，世界上存在着这样一条公理：当一个人付出的劳动没有得到金钱物质的回报时，必定可以得到等值的精神愉悦。

其实，只要我们稍稍注意一下就会发现，每一个哪怕是小小的善念，大多终将会带来善的结果。难怪古人亦云：不以恶小而为之，不以善小而不为。此言的内涵是很丰富的。

人性本善不难理解，而有的时候，选择付出却需要特别的勇气。

有个人在沙漠里迷失了方向，饥渴难忍，濒临死亡。求生的欲望让他仍拖着沉重的脚步，一步一步地向前走，终于找到了一间废弃的小屋。在屋前，他发现了一个吸水器，这让他看到了一丝希望，于是，他使尽了浑身的力气抽水，很遗憾，滴水不见。就在他沮丧至极的时候，忽然发现旁边有一个水壶，壶口被木塞塞住，上面有一纸条写着：你要先把这壶水灌到吸水器中，然后才能打水，但在你走之前一定要把水壶装满。他小心翼翼打开水壶塞，里面果然有一壶水，这使他兴奋不已。但同时，他面临艰难的选择，是不是应该按着纸条上说的，把这壶水倒进吸水器里。如果倒进去之后吸水器不出水，岂不白白浪费了这救命之水。相反，要是把这壶水喝下去就会保住自己的生命。犹豫再三，一种奇妙的灵感给了他力量，他下定了决心，便按着纸条上说的去做了，果然吸水器中涌出了汩汩泉水。

他痛痛快快喝了个够，休息了一会儿，他把水壶装满水，塞上壶盖，在纸条上加了几句话：请相信我，纸条上的话是真的，你只有把生死置之度外，才能尝到甘美的泉水。

生活中，人会经常面临舍不舍得付出这"一壶水"的选择，付出了，你的生活乃至生命会出现意想不到的惊喜甚至飞升。永远以自我为中心，大事小事都不肯吃亏的人，平淡平庸是必然的命运。因为你从不付出，也就永远得不到回报，一个人的能量是有限的，没有外力来弥补欠缺，你最好的状态也就是原地踏步，仅此而已。

冷静的石子

生活中，常有人抱怨说环境桎梏了自己的发展，这其实是一种推托甚至不高明的表现。应该说，环境只是一方面的因素，决定我们人生成败的关键取决于心态。积极的人，是太阳，走到哪里带给自己的都是灿烂和光明；消极的人，充其量也只能算月亮，东边升起，西边落下，一路却暗淡无华。没有人愿意把自己的人生陷于逆境或困境，只是生活的路怎能一路都是坦途呢。良好平和的心态，能让人遇事时冷静睿智，转危为安。有几个故事看后留下深刻印迹，或许可以佐证这种认知。

有位商人欠一个放高利贷的债主一笔巨款。那个又老又丑陋的债主看上了商人青春靓丽的女儿，要求商人用女儿来抵债，商人和女儿知道他的意图后，十分恐慌愤怒。虚伪狡猾的债主故作仁慈，建议这件事听从上帝的安排。他提议，在空钱袋里放入一颗黑石子和一颗白石子，然后让商人女儿摸出其一，如果她拣中的是黑石子，她就要成为他的妻子，商人的债务也不用还了；如果她拣中的是白石子，她不但可以回到父亲身边，债务也一笔勾销；假如她拒绝探手一试，她的父亲将被起诉入狱。

虽然不情愿，但商人的女儿没有选择。当时，他们正在花园中铺满石子的小路上。协议之后，放高利贷的债主随即弯腰拾起两颗小石子，放入袋中。敏锐的少女突然察觉：两颗小石子竟然全是黑的！怎么办？

女孩儿一语未发，冷静地将手探入袋中，漫不经心似的，眼睛望着别处，摸出一颗石子。突然，她迅速地一松手，石子便顺势滚落到路边的石子堆里，分辨不出是哪一颗了！女孩儿赶忙道歉说：真对不起，看我笨手笨脚的。不过，没关系，现在只需看看袋子里剩下的这颗石子是什么颜色，就可以知道我刚才摸到的那颗是黑是白了。

当然，袋子剩下的石子一定是黑的，恶债主既然不能承认自己的诡诈，也就只好承认她选中的是白石子了。

看看吧，这个女孩儿面对风险时随机应变，机智使她化险为夷！静心才能让自己有机会展现智慧。这也是一个心智健全的人该有的品质。有一种人只会走平直的大路，一旦遇上弯路或凹凸不平的路时，即事不如愿时，自己先就内分泌紊乱了。其实，在精神学的临床上，就有一种人格障碍叫"冲动性格障碍"，这种人易被客观条件左右、激惹，如此从科学的角度说，应是非常态。

从前，有一个国王非常信任一位充满智慧的大臣。这位大臣的口头禅是：很好，这是件好事。有一天，国王在擦拭宝剑时，不小心将自己的小指头割断了。智慧大臣赶到皇宫，见到国王正在包扎鲜血淋漓的手，他的口头禅又来了：好，这是件好事。国王的手正疼痛难忍，听他说完，顿时大怒，下令将其关进大牢。大臣仍然不急不缓地说：很好，这是件好事。几个月后，国王到森林里狩猎，他着迷于追赶一只羚羊，无意间竟然穿越了国界，进入了食人族的地盘。食人族将国王和随从大臣全都抓了起来，看见国王服饰华丽，巫师便决定用国王来献祭。正要举行祭礼的时候，巫师突然发现国王少了一根手指头。按规矩，肢体不健全的人是不能用来献给祖先的。酋长大怒，将国王逐了出去。而那些跟随的大臣，一个都没有活着回来。九死一生的国王回到皇宫，想起智慧大臣的话，连忙下令将他释放。国王深觉在他割断小指头时，智慧大臣所说的话颇有道理，便为几个月来他所受的冤屈向他道歉。智慧大臣还是那句口头禅：很好，这是件好事。

国王说：你说我少了根手指是件好事，我已经相信了。但是，我关了你这么久，让你吃了这么多苦头，难道也是件好事？智慧大臣笑着点点头：当然是件好事，如果我不在牢里，一定会陪您去打猎，那么我现在还能活着吗？

塞翁失马，焉知非福。世间事没有绝对的好与坏，好事里也许就潜伏着坏的因子，坏事里同样也许埋藏着契机。一个成熟的人他必然有稳定的品质，就像故事里的大臣一样，不以物喜，不以己悲。只要遇事用头脑去思考，以积极的心态面对，就会找到解决的办法，也就不会轻易置自己于完全没有转机的境地。

便又记起另外一件事。有一次出去采访，我亲历的一个场面同样给人以类似的启迪。一个来到企业半年多的业务员，几乎没什么业绩，当他做的事情有反馈时，摆上桌面的却全是一打漏洞百出的合同书，有山西的、宁夏的、山东的，等等。货已付，货款若按合同来，一单都

115

难以收回。他的老板当时对那个业务员说的话，一直让我深深铭记。他心平气和地说：你现在就收拾包走人。善后工作你一点儿都不能再插手，企业必须把损失降到最低。请记住你被解聘的理由，我愿意重用犯过错误的人，但你的情况是，你做事用脚丫子思考，这种本末倒置必将后患无穷。

在此，我要说的主体当然不是业务员，面对八九十万的损失，老板的果断以及他愤怒时的平静，很是耐人寻味。

还有另一个故事。

一家有一对孪生兄弟，父亲想对两人的性格进行改造，因为其中一个过分乐观，而另一个则过分悲观。一天，他买了许多色泽鲜艳的新玩具给悲观的孩子，又把乐观的孩子放进了一间堆满马粪的车房里。第二天早晨，父亲看到悲观的孩子泣不成声，便问：你为什么不玩那些新玩具呢？孩子哭着说：玩了会坏的。父亲叹了口气，走进车房，却看见那个乐观的孩子正兴高采烈地在马粪里掏着什么东西。看见父亲惊讶地看着自己，那孩子得意扬扬地对父亲说：告诉您，爸爸，我想马粪堆里一定还藏着一匹小马呢！

悲观的人遇事常常先被自己打败，然后必然是还要接受生活带给他的更大失败；乐观的人通常会先战胜自我，然后再去面对生活。悲观带来绝望，乐观带来希望。

把人生掐头去尾，好年华是短暂有限的。按着心灵指引，活在当下，积极乐观地面对一切，你会不断发现，任何事情其实都没有那么糟，主动权就掌控在我们自己的手心里。

可疑的金钱

同一天，我看到了两条因一点儿小钱而致人毙命的消息。一个是从电视新闻上看到的，说的是一个河北来京务工人员某天在街上拾到一元钱，旁边一个人看到了，便说那一元钱是他刚掉的，要求索回，拾到钱的人请他拿出证据来。一来二去，两人经过激烈争吵后，便动起武来，结果是一人被捅死。新闻报道的是，因一元钱起争执，杀人者今日被判处死刑。在当天的晚报上，我又看到了另外一则报道，说的是某区近日有三个拾废品者先后失踪，最近此案已破获，凶手被缉拿归案，是北京一个五十岁下岗人员。此人离异，他再就业的岗位是在一单位做门卫工作，月工资八百元。案犯因与一洗浴中心小姐丽丽相识后手头更紧，便设法弄钱。那三个人经常出入该单位收废品，每人身上带着几百元到千元不等，案犯盯上后便伺机作案，因是熟人，三人都没有设防，致使其屡屡得手。杀掉三条人命，总获凶款不足三千元人民币。

这样的消息虽然是个案，但看后仍让人胆寒。何况事实上，打开任何一张报纸或网页的社会版块，也不时能看到此类报道。我经常听身边人说这样的话，不愿意看这类内容的东西，不美好。

向善向美必然是大多数人的潜需求，但大都不喜欢的事物为何时有发生？我想到那句老话：人为财死，鸟为食亡。

财是诱人的，但有时也是害人不眨眼的，其发生的根本原因还是在于人的欲望。对幸福和成功的理解因人而异，那完全是一种感觉，没有标准，无法量化。如果我们有着成熟的世界观，对金钱就会有理性的认识，获取它和使用它就会自如，这种感觉才是对的，说明你没有被欲望牵着鼻子走。反之，理性认识缺失，就会导致欲望恣行，小到使生活不愉快，大到铸成人生的遗憾甚至大错。譬如以上两个案例，便是欲望的一种低级表现。我要说的还有，因对金钱有着无限的渴望，其表现形态甚至丑态还有多种多样，带给人的思考也是深刻的。

亚历山大是一位伟大的国王。在征服了许多国家胜利返回的途中，他病倒了。此刻，占领的土地、强大的军队、锋利的宝剑对他来说都毫无意义，他明白死神很快会降临，他已无法回到家园，便对将士们说道，我不久就会离开这个世界了，我有三个遗愿，你们要完全按我说的去执行。将士们含着泪答应了。

亚历山大喘着粗气说出了他的三个遗愿：第一，我的棺材必须由我的医师独自运回去；第二，当我的棺材运向坟墓时，通往墓园的道路要撒满我宝库里的金银财宝；第三，把我的双手放在棺材外面。聚集在他身边的众将士都很好奇，但没人敢问为什么。亚历山大最喜爱的将军吻了吻他的手说：陛下，我们一定会按您的吩咐去做，但您能告诉我们为什么要这样做吗？亚历山大深深吸了口气说道，我想要世人明白我刚刚懂得的三个道理：我让医师运载我的棺材，是要人们意识到医生不可能真正完全地治疗所有疾病。面对死亡，他们也无能为力，希望人们能够懂得珍爱生命；第二个遗愿是告诉人们不要像我一样追求金钱，我花费了一生去追求财富，但很多时候是在浪费时间；第三个遗愿是希望人们明白我是空着手来到这个世界的，最终还要空着手离开这个世界。说完这些话他闭上了眼睛，停止了呼吸。

亚历山大是何等人物，一生叱咤风云，可以说，他是多种意义上的成功者，他拥有让无数普通人仰视的权势和不计其数的财宝，而等等这一切物质财富之获取，当然不是那么简单的，心计、阴谋算得上什么，战争、杀戮也不在话下，种种手段用尽了，获取到了，又能何如？一个与财富充分交流后的大人物，终了时，要告诉人们的，也无非是那样三个遗愿。这多么值得后人玩味呀！

有机遇，通过正当方式获得财富，可以提高人的生活质量，这是需要追求的，但若走入欲望误区，过分对金钱走火入魔，就极有可能给人生带来灾难，是完全不可取的。对待金钱不忮不求，恰当理性地获取并使用之，人生定会平平安安。

普通人的业绩

最近遇到两件事，让人很受教育也颇有感触。

休假在家的一天上午，我接到了浩浩妈妈打来的电话，浩浩是我孩子的同学，浩浩妈打电话是向我打听一些情况。她首先问我假期是否接到过老师的电话，我说没有。她叹了一口气说出了事情的原委。原来，班主任老师前几天给她打电话，请她带孩子去北京某精神病医院做一下彻底检查，因为该医院前不久在学校抽学号做过心理方面的测查，结果是怀疑浩浩等几个孩子有抑郁症。浩浩妈说：你的孩子与浩浩是好朋友，我也就不瞒你了，我本来是想侧面打听一下到底是什么性质的测查，内容是什么，什么人搞的。这样的事不好直截了当问孩子，万一没病，也会问出心理压力来的。浩浩妈的语气非常焦虑。是啊，谁不知道抑郁症是一种精神疾病，才上初一的孩子就得这种病，家长能不着急惊慌吗。但浩浩的父母非常理智，他们做了三种分析：一是由小学进入初中是一个转折点，孩子上的又是实验班，由学习压力导致心里疾患是完全有可能的；二是孩子没当回事，胡乱答题，让医生做出了错误的判断；三是也不能排除这里边有人想挣钱。

我在电话这端帮助分析说：你们遇事这么冷静太可贵了。最好不要去老师指定的医院，找一家其他的医院检查更客观，是怎么回事也就清楚了。五天后，我又接到了浩浩妈的电话，她兴冲冲地告诉我，他们带孩子去了两家比较大的医院，找专家看的，花费近千元，诊断结果都是"你没有抑郁，情绪比一般人还要乐观"。

浩浩妈高兴归高兴，但仍心有余悸，总觉得有些不踏实。她说：肉体上的疾病，通过验血验尿和拍片子就基本知道哪里出问题了，心里有底。而心理疾病很难看到踪迹，通过这件事，孩子没事了，我心里却好像有了阴影，老觉得不知何时就会有一双黑手伸将过来，孩子还没有保护自己的能力，想想是很担心的。再怎么想赚钱，也得稍微讲点儿良心，不应该算计孩子或老人这些弱势人群。

这位母亲说得有道理，因为我的一位亲戚的经历也让我有同感。亲戚是一位七十一岁的老人，得肾病五年多了，一直用中药调理治疗。前不久，她感觉胃部有些疼痛，就去一家医院检查。医生不由分说就开了若干张单子，包括一个胃镜检查。亲戚是做教师工作的，退休后跟社会接触就更少了，相对单纯些，所以对医生的话是很信奉的。一通化验出来后，她又来到医院，医生看完化验结果后说：你的双肾排毒功能已经很弱，今天要在腕处埋管子，以后要做透析了。老太太一听这话，差点儿没吓瘫痪了。得肾病这么多年了，她当然知道透析意味着什么。得病以后，每次去医院，都是整袋子整袋子往回背药，她天天把自己泡在中药里，也是因为思想意识里不太愿意接受西医刀枪齐下的治疗方法。所以她早就跟她的儿女们有过交代，如果哪一天她的肾已经衰竭到一定要做透析才能维持生命的阶段，她就不再治疗了。

这下好了，医生一通知她做透析，几乎等于给她判了死刑，老太太精神快崩溃了。加之做胃镜带来的反应，回家以后她食欲全无。药停了，饭也只吃一点儿流食，就这样挺了没一个月，人就已经瘦成一张纸了。她觉得自己就是不行了，与家里人唯一的沟通就是不断在回忆过去的事情，把自己的后事也做了安排，弄得家里人情绪都很低落。刚开始，亲人也极力主张再去多看几家医院，可老太太非常固执，就是不去，她说自己得肾病也不是一天两天了，肯定不行了。现在，由于不吃饭，各方面营养全面缺乏，她真的已经奄奄一息了，也就没有能力反抗了。家里人强行把她拉到了另一家大医院，专家诊断的结果却让所有人大吃一惊，一是说胃镜根本没必要做，二是她的肌酐指标是400多，这一项指标700多时才会考虑透析。老人身体的极度衰弱完全是因为不吃饭缺乏营养导致的。当时就输了一些葡萄糖液，又开了几百元钱的药。并说，按时服药，肌酐指标是可以降下来的。几个小时一过去，老太太的精神立马不一样了，饭和水果都能吃了，记忆力也有了。一星期过后，身体已恢复到做胃镜以前的样子。这样的结果让全家人惊喜交加的同时，也有很多后怕和庆幸。

前不久，我在《广州日报》上也看过一篇相关报道，说某些医院对于只需做B超的患者却非让你做C4不可；对于得了子宫肌瘤可保守治疗亦可切子宫时，医院就会让患者切掉子宫；得了尿毒症可做腹透也可做血透，就让你做血透。原因很简单，治疗费用有的相差三四十倍以上。事实却是，大把的钱花出去了，由于患者接受的不是最恰当的治疗方法，导致了不可挽回的身体伤害甚至危及生命。

这几乎是耸人听闻呀！

对于大多数人来说，我们就是一个寻常人，普通百姓，自己和亲人的身体好坏就是大事要事，决定着我们的幸福指数。社会有法律，政府有条例，都不能完全避免丑恶事情的发生，一个个体的怨天尤人也只能带给自己更多的心灵伤害，解决不了任何问题。所以，想一想，作为一个普通人，你的人生在任何时候都更不能犯糊涂，遇事清醒冷静，眼睛明亮，考虑周全。比如生病了，就要麻烦自己多跑几家医院，多看几个医生，这样才能万无一失。总之，想出躲开不幸或把不幸的成本降到最低的办法，就是生存的最大业绩。

无法言说的痛

最近因家人生病，要不时去医院，在那里遇到两件事，让我再次相信，其实，真正的痛苦是无法言说的。

先说第一件。每次去医院时，在走廊里我经常看见一个四五十岁的男人坐在那里吸烟，满脸阴郁沉重。后来听家人说，他得的是一种很麻烦的疾病：美尼尔综合症。住院前晕倒过多次，有两次差点酿成悲剧。一次是突然栽倒，头部摔在茶几上，险些碰到眼睛。另一次是开车走在路上，晕厥后撞到栏杆上。两次意外都幸运地被人发现，及时得到了救治。最近才刚刚被确诊。美尼尔综合症俗称眩晕症，发病前一点儿征兆没有，眼前会突然天旋地转，然后不管是哪里就栽倒了。更可怕的是，这种病在夜间熟睡时也可能发病，悄悄就晕过去了。这病也许不一定要命，但完全治愈的可能性很小，关键是病人的精神负担沉重。用他自己的话说，等于有一只无形的魔鬼之手说不定哪会就伸向了你，来无影去无踪。

在医院住院，一直是他妹妹在陪他，他的二婚妻子正在跟他闹离婚。虽然他的事业正处于春风得意之时，却遇到了这种难以解脱的麻烦。

是啊，酸甜苦辣是生活的本质，他的痛苦在于他遇到的麻烦云遮雾罩，那么不清晰不确切，却无时无刻不在无情地蚕食着人的精神。

再说第二件事。一家祖孙三代五口人，爷爷是个企业家，家庭经济条件殷实，生活得其乐融融。小孙子出生以后，更是给这个家庭带来了无穷的乐趣，奶奶、儿媳妇和保姆三个人全职侍弄一个孩子。可是，就在孩子一周岁蹒跚学步的时候，奇怪的状况被发现了，孩子视力有问题！因为他在往前走的时候，无论前方是什么情况，这孩子都勇往直前，没有一点儿下意识的躲闪。发现情况后，全家人紧张地围住孩子，拿各种东西在他眼前晃动，他的眼睛不眨一下，用相机给他拍照也不眨眼睛。谁能相信呢，孩子白白胖胖，健健康康，大眼睛黑亮有神，怎么可能是睁眼瞎？在这种时刻，女人当然是最脆弱的，妈妈紧紧地抱着孩子，眼泪汹涌而出。爷爷迅速叫来两辆车，即刻起程，全家直奔北京。这时的奶奶依然不停地唠叨说不可能，匆忙中她还带上小孙子的多种用品，说也许什么事没有，查完了顺便在北京玩几天。

同仁医院、301医院、安贞医院，马不停蹄地看了三家大医院，诊断完全一致：孩子是先天性失明，无法手术，因为眼内膜在母体内就发育不全。这五雷轰顶的结论让爷爷没能走出医院就昏厥了，就地住院。一家人百思不得其解，没有遗传因素，妈妈一怀孕，就被全家捧为座上宾，孩子怎么会这样呢？在医生的提示下，妈妈想起来，只有一种可能，是在怀孕期间，有一次感冒扁桃腺红肿，发烧不退，她曾吃了三次消炎药，难道是药物导致？

这家人一到北京就先在这家大医院办理了住院手续，准备一旦确诊便及时手术，这个结果让他们无法接受。我在走廊上看见过那个小男孩儿，

第四辑 斋眼素心

非常健康漂亮。也许上帝剥夺了他的视觉，就让他的听觉很发达，只要有人轻轻叫一下他的名字，他的头马上冲着发出声音的方向转过去，咧着小嘴笑了。

这就是现实，一个人他刚刚来到这个世界，哪里都健康，一对大眼睛炯炯有神，却什么也看不见，只是摆设！那家人崩溃的表情任谁看了，都能感觉到深深的痛楚。现代医学无力回天，不知什么人出的主意，他们想到了宗教。通过各种渠道找了两位很有名望的佛教大师，请他们给想办法。大师看了孩子，掐指算后说，这孩子命里不应是瞎子，让母亲只要有时间，要不分昼夜地给孩子念一种经，十五岁时可以复明。这是什么办法无人知晓，也不知他们的生活将被引向哪里。

其实，在每个医院里，得各种病甚至绝症的人都不足为奇，但这两个病例却给人一种别样的震撼，他们的无奈和痛苦似乎深不见底，完全无奈。

这个世界上有许多事情，在它没有来到自己的身上时，你是无法感知的，但那恰恰也许就是生活的真相。

期限婚姻

曾经看过一段资料，称岛国爱尔兰结婚率全球最低，因为宗教信仰的缘故，这个国家禁止离婚。因此，他们奉行晚婚，对婚姻大事极其慎重，已婚夫妻通常也会一生相亲相爱。虽然如此，这并不意味着爱尔兰公民只能和一位伴侣终此一生。男女双方在结婚的时候可以协商婚姻关系的期限，从一年到一百年不等，并在政府相关部门登记备案之后生效。期限届满后婚姻关系终止，若有继续生活的意愿，可以办理延期登记手续。有意思的是，登记费用根据婚姻登记的时间长短呈比例递减。最短的期限为一年，但登记费用最昂贵，为两千英镑（相当于2.6万人民币），但如果结婚期限为一百年，那么登记费用只需要零点五英镑。而期限不同，结婚证书也是不一样的，假如是一年，那么新人将得到厚如百科全书般的两大本结婚证书，里面逐条逐项列举了男女双方的各项权利和义务，以及履行与否所应承担的责任，甚至小到清洁修理、大到生育教育，事无巨细，面面俱到。但如果结婚期限是一百年，结婚证书则薄到一张纸条，上面仅仅写着法官的祝福，大意是：

> 尊敬的先生、太太：
>
> 我不知道我的左手对右手，右腿对左腿，左眼对右眼，右脑对左脑究竟应该承担起怎样的责任和义务，其实他们本来就是一个整体，只因为彼此的存在而存在，因为彼此的快乐而快乐。所以让这张粉红色的小纸条送去我对你们百年婚姻的最美好祝愿！祝你们幸福！
>
> ——市首席大法官

这样的婚姻显然是很特别的，耐人寻味，并不是说这种存在形式有多好或多坏，任何一个民族都有适合自己的体制、信仰和习俗，不知爱尔兰在婚姻的问题上走过怎样的历程，也必然是优胜劣汰的过程吧。关键是我从中看到了一种可贵的品质：理智，一种大理智。有一句著名的谚语说，上智者用理智要求自己，下智者用经验要求自己，无知者用本能要求自己。无数的事实证明，大到一个国家一个民族，小到一级组织一个人，无论遇到多大甚至多糟糕的事和人，只要我们选择用理智去面对了，其结果一定都是最不留遗憾的。对普通人来说，美满的婚姻可以说是其人生最大的幸福和成功，而使婚姻美好圆满的诸多元素中，理智同样显得尤为重要。

我看到的另外一则消息也更加证明了这一点。该消息称，对于现代人来说，在婚姻这座围城中的一出一进，似乎变得越来越容易了。比如，自2002年以来，中国的离婚率持续走高；2005年，离婚夫妻就达到一百七十八万对。80后的夫妻，婚姻最短的维持不到一年。然而，日前，却有婚恋专家在媒体上喊出："中国百分之七十的婚都离错了！"为什么错？因很多情况下，离婚缘于冲动。

专家称，中国的离婚大致分为以下四种类型：一是外力干预型：如有些家庭因父母到来，共同住在一起，父母干预了夫妻间的很多事，由此导致离婚。二是外遇型：某一方出现外遇，被配偶知道后，冲动之下干脆离婚。三是经济困难型：由于经济困难，生活所迫而导致的。四是生活琐事型：为家庭中的一些琐碎事争执吵闹，最终闹到离婚的地步。调查结果又称，近两年，复婚率也逐渐提升，除精神出轨型难以复合外，其他三种情形复婚后效果大多很好。为什么？也许经历了离的种种痛楚，人才会变得理智起来，合的种种好处也才被强调出来。其实，无法维系的婚姻离掉是一种文明，但因冲动导致的破裂就太使人生受损了，而且这种损失很难用任何一种成功弥补。

面对婚姻，有很多人是懵懂的，很容易犯的错误就是与爱情混淆不清，这是很容易产生严重后果的。其实，只要你是个过来人，稍微想一想就会觉出，爱情与任何一种情感相比都很奇特，具备超能量，精神状态非常态。而非常态只能在短时间存在，人处于高昂的爱情状态时，为对方做什么都不在话下。所以，区别在于，爱情的本质是付出，婚姻的本质却是责任。家庭出现矛盾，很多时候都是缘于人们对时段性把握不准，用爱情的配方去要求婚姻，使矛盾一点点升级乃至质变。

应该说，现代的婚姻大多都是爱情的成果，婚恋自由了，没有爱情不会选择结婚。从爱尔兰的期限婚姻中，我们至少要明了这样一种道理：尊重并终身捍卫在爱情的前提下组成的婚姻。其中出现的任何矛盾，只要在负责、真诚和宽容的前提下理智面对，矛盾都能化解，这既是对个人生活的负责，也是对社会的负责。

斋眼素心

对人对事对这个世界，只要我们能用一双睿智的眼睛和一颗洁净的心去面对，尽力而为即可，不声嘶力竭去追索欲念中的结果，你的生命中就定会有惊喜出现。最近，无意中了解到两个女人的生活现状，让我得出以上的结论。

去年春节前夕，我连续收到来自一部手机的三条短信，内容要表达的可能就是一种问候，但却言语混乱，前言不搭后语。我没理会，因为手机号不熟悉，何况垃圾信息挺多的，有时不待看完就删除了。春节那天，我的手机响了，显示的是那个不熟悉的号码，我本不准备接，手机却一直响，只好按下了接通键，刚一通，那边就传来嘿嘿的笑声，每笑两声停顿一下，很别扭的节奏，还能感觉对方扭捏作态，笑时似乎在捂嘴。这么奇怪的电话让我一时没反应过来，我糊里糊涂地听了半天后，才请问她找谁。对方哼哼唧唧地说，傻瓜，就找你。我更蒙了，赶紧报上自己的名字，感觉以这种方式打电话的肯定是熟人，唯恐自己怠慢了。如此这般，在电话里费了半天劲，我才搞清楚，原来打电话的是过去的好友妮子。至少十年没联系过了，我几乎惊喜交加。激动地问她好不好之类的一堆问题。妮子在那边却所答非所问，间歇性地傻笑，笑声变得很尖，声音令人发毛。我有点急，就打断她不搭界的话再次核实她到底是不是妮子。她就是这个问题接得准确，又说一遍，嘿嘿，傻瓜，就找你。

我接到她电话本来很高兴，有好多情感要抒发呢，她这样不着边的也没法聊下去，就直截了当问她打电话肯定有什么事吧。妮子说，有点小事想麻烦你，你得上心啊。说完又笑起来，这次的笑显然是刹不住车了。好半天后才羞涩地说，你帮我介绍个男朋友吧，李洪把你电话告诉我的。太蹊跷了，我草草挂了妮子的电话，我急于通过其他途径客观了解妮子这是怎么了。

李洪是好久没联系的同学了，但我有她的手机，她跟妮子生活在一个城市。电话打通了，信号不太好，她说今天刚赶回到乡下母亲家过春节。她告诉我一个惊人的消息：听说妮子精神有问题了，但具体情况她也不是特别清楚。

这着实让我摸不着头脑，妮子是何等人物啊，年轻时美丽、有才气、清高。我就亲耳听到男人赞扬她漂亮得空前绝后、玉树临风什么的。可贵的是，妮子不但有漂亮的外表，还有才华，出过专著。因为有共同的爱好，我们曾交往很多，后因为搬家不在同一个城市了，联系也就时断时续了。但每每呼机或手机刚刚开始出现，大部分人还觉得新奇的时候，妮子不但迅速就使用上了，而且号码尾数不是一堆六就是一堆八，在这些方面完全等同于地方一些官员的待遇。三四年前我还在国图看过她的一本书，种种蛛丝马迹都在说明妮子是上帝的宠儿，我在心里默默祝福她生活如意。

但现在，这到底是怎么回事？

通过电话感觉妮子肯定不正常，但应该不是很严重吧，基于这种情况，我虽然心里很挂念，也不好满世界去打听。很巧，春节后参加一个会议，遇到了妮子的老师，从他那里得知了一些情况。妮子年轻时追求者甚多，她最终选择了一个干部子弟交往，那段时间她风光尽显。但未婚先孕后，那子弟不但拒绝结婚，也拒不承认是他的孩子。妮子觉得很没面子，就去找他的单位或家人闹。妮子被人宠惯了，不习惯吃亏，自然拼力与对方理论争斗。这更激怒了他，干脆彻底闪了，人间蒸发。在这一过程中，孩子却在腹内悄然成型长大。没多久，妮子只好生下女儿。就这样，她毫无准备地成了一个未婚妈妈。可以想象，她的生活自此从天上摔到了地下。簇拥者也鸟兽状散去。这一事件之后，她生活的阵脚就有些乱了，不时传出一些绯闻，但妮子基本上充当的都是情人的角色。最有后果的就是最近的一个男友，他虽然有家庭，但公然与妮子出双入对，并承诺给妮子婚姻。妮子没扛住这个诱惑，不但从精神上倾情，据说存折也大部分地拿给对方炒股去了。结果是婚姻没等来，人也无影无踪了。人财两空，她因受打击太大，入住医院很长时间，才恢复成目前的样子。

一个那么美妙的人儿被弄成这样，真是很可惜。诱惑太多是客观因素，同时，就我对妮子的了解，她的虚荣心也是一个可怕的原因，追时尚，定力差，只要有几个人围着转，她就会不时把自己的生活弄到云端上去。不好对妮子的生活多加评论，也算红颜薄命吧。

不自觉地，我想起了另外一个女人的生活。

我有一个习惯，出差回来通常会去蒸桑拿解乏。在我家附近的那个洗浴中心，有一个搓澡工很特别。她最初引起我注意主要是两点：一是她干活极其认真卖力，一点不要滑头。二是长相，大扁脸，小眼睛，塌鼻子，还有两颗龅牙险些就伸到唇外去了。真是有点丑啊。

但她工作的认真劲令人感动，每每都是把人翻过来转过去洗搓干净后，再准确地按穴位整体按摩一遍，动作轻重有度，双手游刃有余。受了她的一搓后，全身心都放松下来了，你会感觉搓澡这活是颇具技术含量的。虽然有时要排队半天，但我每次去都点她。时间长了也聊几句，她告诉我，她是安徽人，高中毕业，丈夫也在北京打工，两个孩子在老家上学。

她对工作的投入完全是忘我的。我赞扬她这一点时，她说了一句惊人之语：我必须忽略自己的一切杂念，包括卑微的感觉，才能攒出足够的力气去应对如此大的工作量。很有哲理啊。

因长时间手臂吃劲，她的手变得很粗大，胳膊也男人般的壮实。但是谁能不对她肃然起敬呢，这是一个脚踏实地生活的女人。

如果我没记错的话，这个搓澡工在这个洗浴中心至少干了五年。今年五一前夕，当我再一次来到那里时，竟然在大厅里碰到了她，只是这次的她完全不是水淋淋汗津津的了，而是穿了一身深蓝色职业装，还化着淡妆，显得清爽干练。这使我惊异。打了招呼后，她浅浅一笑说，老板又开新店，这个店我承包了。其中的情况和细节都不必了解，只要环视一眼偌大的洗浴城，这个女人的综合实力可不敢小觑呀。

时势造人物，时势也能颠覆人物。妮子的天资何其优良，可她辜负了上帝的恩宠，眼睛看到的心里盯着的，定然都是那些貌似繁华实则不靠谱的喧闹，最终被世俗的风花雪月拖下了水，还不知以后的人生是何等模样呢。而搓澡工的自然状况是有些艰难的，可她从眼睛到心灵都充塞着朴实的品质，面对现实，扎扎实实地去努力奋斗。生命质量的可持续性就导致了不一样的结果。

世界缤纷，但眼睛要明亮；诱惑繁多，但心灵要素净。如此定会对我们的身心安康大有益处。

少言的力量

　　某天看一个电视节目，主持人对面坐了三位嘉宾，一男两女，男的坐在中间，左边坐着丁女人，体胖；右边坐着李女人，体瘦。聊的话题是关于减肥。他们本来一直在很热闹地围绕主题侃侃而谈，但在李女平常地叫了句"丁姐"之后，丁女突然从沙发上站起来，将身体远远地探向李女，中间隔着的男嘉宾拼力往后躲闪，因为他险些就被压到了。丁女人侧过耳朵，表情惊恐地问李女：李阿姨，您叫我什么？叫我丁姐吗，再叫一遍，我没听清。她的言行实在太突兀，所有人都一时没反应过来。这时，她又直起身体，绕过茶几走到李女面前，表情委屈地说道：您有没有搞错？我上小学时，就与小朋友斜挎着书包，一路唱着李阿姨的歌回家去。您应该感谢我，我称得上是您的粉丝呢！

　　她如此激动，原来就为这个！无非是李女叫她姐，把她叫大了吧。场面很尴尬，就听丁女一人站在演播现场中间辩白。她不愧也是主持人出身，瞬间就把节目弄跑题了。事情到此，本节目的女主持人才站起来说道：丁女士，你真行，怎么能当场揭穿呢！

　　往下她们还顺着这个话茬说了一堆话，喋喋不休。

　　李女表现沉稳，一直没说什么。不知道她是不知情还是矫情，老大不小，乱叫别人；而丁女的激动呢，也完全就算得上刻薄了。可见，女人是何等介意自己的年龄啊，没事躲开这根弦，弄不好会出人命的，这是题外话。

之后，我上网查了李女，第一张蹦出来的是她与上大学的儿子的一张合影，丁女我没兴趣去点击。但表面看上去，还真是难辨谁老谁少，丁女丰满的体态容易显得成熟。总之，在那种场合，不管谁因为什么吧，不能淡淡带过吗，给别人留点面子，也让自己的修养有的放矢。她们都是影视圈的人，也小有名气，为个年龄那般纠缠，话都实在说得太多了。言者多不顾行，谈者未必真知。何况，生活中有的事情就是不能解释的，语言在许多时候是苍白的，因为会越涂越黑，这种情况我遇到过不止一次。

一次，我把台式电脑主机拿到单位请同事帮我修理。需要换配件，家人开车来取，因就近无处停车，便催促我快些。我搬着很重的机器走半天，到大门口时被保安拦住，说没有大楼保卫处开的出门条绝对不能放行。我说，你们真负责任，太好了。但外边家人在等，很着急，证件什么的都没带，要不我先把手机押这儿，两分钟后马上去补开出门条。其实，我非常清楚他拦住我是正当的，自己提出的要求是过分的。但因为着急，又觉得每天出出进进，彼此至少都脸熟，想通融一下。保安铁面无私，往中间一站，仰着脸，完全不再听我解释的姿态。大夏天的，我已满脸是汗了，就顺手把机器放在旁边的石台上说，算了，那不麻烦你了，我先放这，马上回去开出门条。因为快十一点半了，再耽搁一会儿，保卫处就找不到人了。这时，那保安快步走近机器说，你搬走，放这出问题我概不负责。他顺手就推了一把，若不是我赶紧扶住就推倒了。我又累又急，他这一推没办法不让人发火，我的声音自然就高了，与他发生了几句争执。

我知道这毫无意义，说到底，人家是按规章制度办事，完全没错。但我也不是故意给他出难题，因为那机器不轻，穿过长长的走廊，我搬不动了，关键是没时间折腾了……

事隔几天后，单位一领导似乎不经意地对我说，你那天与保安发生争执了？我很尴尬，一时不知该怎么解释。因为不把具体过程叙述一遍，很难听出个子丑寅卯。领导摆了摆手说，没关系，我只是吃惊，没想到你也会吵架的。我无言以对，还能解释什么呢！什么事都是如此啊，事不关己，人家可不也就关注个结果而已。

在此，我再赘述几句。事隔不久，在走廊里我碰上保卫处一负责人，他主动与我搭讪，自我介绍后说，那保安已安排到别处去了，他不适合在那里值勤。我有些吃惊，他说，我站在窗前都看见了，什么规章制度出发点都是为了服好务。我虽然嘴上说了谢谢，但心里也有些异样，那保安年龄不大，也不知去哪儿了。看来，总会有渠道让事情维持相对公道的。另外，还真是隔墙多有耳啊，就这点事，我的领导和他的领导竟然都知道了。

还有一次，我的车在路上抛锚了，车胎瘪了。赶紧给就近的弟弟打电话，让他来给我换备胎。没一会儿他赶来了，可是，打开后备箱，怎么也找不到工具。平时我只在两家4S店做保养，若丢失也只能在这两个地方发生。弟弟用他自己的工具换了备胎，觉得很蹊跷，就给那两家店打电话，看有没有可能遗落在那里。第一家店的人几乎还没有把话听完，上来就拼命解释，说我们4S店的员工素质都很高，即便丢了，也绝不可能是我们这里的人干的。很抱歉，您不行就再买一套吧，我们这里有卖的。第二家店的人接电话认真地听了情况介绍，沉默一会儿后说，通常情况下不应该丢失在我们这里，但我肯定要与领导汇报并马上帮助您寻找一下。现在，请您把后备箱打开，按照我的提示再找一下。弟弟说，没必要，都找遍了。对方却耐心地问清了车型，一定坚持让我们找一下。果然，在他的电话遥控下，我们在车右后方内侧，按开了一个极其隐蔽的小门，崭新的工具一应俱全。这个小门是黑色绒毛的，与车内侧身完全一致，周边连点缝隙都没有，只有手指肚大小的一个小坑，不细看根本看不出来。平时也没用过，简直就是个惊喜。我们觉得误会人家了，一再道歉，对方却淡淡地说

第四辑　斋眼素心

没关系。

这一事件之后，我就只去第二家做保养了，虽然它没第一家规模大，但它让我信任，感觉踏实安全。看来，常言所说的言多必失、沉默是金是颇有道理的。

说话很能体现一个人的修养和内涵，但懂得不说话更能显现一个人的全面修养，是更高深的艺术。

修正内心

据报载，近期，社会上出现了一种捏捏族。捏捏族号称生活压力大，在下班或周末到超市搞恶作剧。捏碎饼干、折断方便面、掐碎蛋糕、拧开瓶盖"放气"等。那声音、手感、过程让其得到极大的满足，做完这些破坏性的动作后，感觉浑身舒爽，压力得到极大缓解。他们总结自己的感受是：不捏就难受，一捏就享受。

看了这个报道，实在让人感到费解惊诧。这是什么性质的举动？往小了说，是幼稚，不懂事；往大了说，就是心态有偏差，甚或人品可疑。因为以此类推，顺着他们的感觉走，是不是搞更大的破坏，就更能释放压力？果真如此，事情可能就没这么简单了，法律就会找到你。

前不久我还看过另外一个资料，说现在宣泄压力的群体有很多类型。比如晚睡族。表现是即使很困，也没什么事，就是不想睡。宁愿与电视为伍、和电脑做伴。晚上不想睡，白天打瞌睡，生活秩序混乱，和正常的社会生活脱节。还有快闪族。这群人的特点是不相识的人通过网络或电台相约聚会，然后一起做一些无意义的动作，如拍巴掌、喊口号等。也有QQ群的群员相约聚会，以AA制的方式胡吃海喝，以此排解寂寞。聚时称兄道弟，散时形同陌路。再如购物癖。表现为无聊的时候就进入商场等购物场所，对眼花缭乱的商品表现出极大的热情，甚至不顾经济能力，透支刷卡。买时相当亢奋，买后束之高阁。花费自己的票子，浪费了社会的资源。

以上种种人群的超常举动，都是缘于心理压力。不能否定，随着社会的发展，生活节奏的加快，很多现代人都会有一些压力，哪里的人都一样。据心理专业人士分析，发展中国家人们的压力主要来自以下方面："钱"途与地位、住房、感情、贫穷。而发达国家的心理疾病也呈上升趋势，是因为发达国家的人要满足物质生活相对容易，这样，他们会投入更大的心力去追求精神和文化生活的满足，并获得最终的自我实现。然而，这些要比简单地追求物质生活更难，一旦他们不能满足，各种心理压力也就出现了。比如有个案例，一位美国人因为自己支持的总统候选人没有被选上，就自杀了。这就是他的追求没有被满足的一种体现。总之，随着人类的发展，人们追求的层次越来越高。追求和压力通常是成正比的，若心理压力不能得到及时疏通，久之就有可能发展成心理疾病。

一个人，无论客观环境怎样变化，都应该对自己有清醒理智的认识，明白自己真正擅长的是什么，真正想要的是什么，按自己的特长与所需去规划人生。避免不必要的心理负担，才可能降低心灵成本。无论为了追求什么，首先要保证内心秩序井然，精神体系完好，才可能使自己的人生在正常的轨道上运行。

生活在这样一个快速发展的时代，能够重视自己的心理健康，肯定是一种文明。每个人的承受能力不一样，压力大产生焦虑也是正常的现象。此时，采取科学的态度舒缓内心压力才是正确的选择。

发力于自我

前几天见了同窗好友珠，看见她面色红润，状态极佳。才知道最近有两件事很提神，一是刚提了职；二是已分道扬镳的前夫坚决要吃回头草，想再续前缘，却被珠义正辞严谢绝了，请他排队去。看见珠今天这样信心十足、积极生活的样子，我一下想起了两年前的她。那时，她为家庭问题伤透了心，憔悴不堪。每每与我通话都得絮叨一两个小时，直说到我脑袋缺氧。神七升天时，我曾对她说，看看人家在干什么，都飞上天了。你别在基本生活问题上纠缠了，放下吧。

珠告诉我，就这句话，很震动她。从那一刻起，她开始觉悟，强行调整自己，才有了今天的模样。

是啊，其实生活中会有那种时刻，你突然地接受了某种信息，那也许是一句话一种场景，或者什么事件，一下就触动了你最敏感的那根神经，让你豁然顿悟，甚至能激发出一种潜能，让你觉得自己真的应该振奋精神去做些有意义的事情了。

有两件事，就曾经给过我这样的触动。

第一件，那年的正月初，谷歌的团队发明了谷歌地球，这是一款谷歌开发的虚拟地球仪软件，具有相关数据深度支持功能。具体地说，安装了这个软件后，在电脑上鼠标一点，现实空间标识即刻呈现出来，你可以查看全世界任何一个角落的卫星照片，不仅有点击地点的交通线路查询功能，还有街景服务、探索海洋、历史图像、三维火星等功能。继续点击谷歌街景服务，可在电脑屏幕上查看各大城市的街道、建筑布局情况，并可通过挪动鼠标来调整观看视角，这一发明被人称为动态文明史。

看到这则报道时正是春节假期，大部分人都在全力以赴地过年，我坚信很多人每天主要做三件事：吃、睡、玩。而谷歌的精英们却在这样一个时间做出了具有划时代意义的事情，这个团队的一些人也是中国人。春节时，我也在吃完睡、睡完吃的通俗生活中使自己的身体肥壮了一圈。看了报道后就有一种惭愧之感，赶紧找书来读，那书本是年初计划中早就该读完的。

第二件，前几天我看了电影《阿凡达》，当时的直接感觉是受惊，主要是替那些电影人受惊。影片中一群蓝色皮肤、高达十英尺的纳美人生活在潘多拉星球，这里有九百英尺的参天古树，奇幻的群山飘浮在半空中。夜晚来临，各种植物和花朵会发出闪亮的光芒。他们的"豪车"是一些凶悍的大兽大鸟。影片故事情节充满奇幻的想象力，画面令人震撼。之后想过一个问题：不知真正的电影人看了后会作何感想。当大部分通常的片子还在靠几个明星拉票房的时候，看看那些大导演在干什么，那种大制作、高科技对传统电影完全是一种颠覆。一下就会让平庸的东西面临挑战，甚至无以生存，迷失方向。

这个世界，永远是精英在引领着社会前行，但精英毕竟是少数。作为一个普通人，能具备接受有效信息的敏感，并因此激发出自己的一种能量，那对人生想必也是具有建设意义的。

落榜的出路

每年高考过后都有中榜者和落榜者，中榜者欢喜，落榜者忧愁。根据教育部公布的数字，今年全国普通高校招生报名人数共计一千零五十万人，而全国普通高校共安排招生计划近六百万名。这意味着，仍然有四百多万名考生将被挡在大学校门之外。当全社会的目光聚焦在"金榜题名"的准大学生身上时，那些同样寒窗苦读十几年，最终却仅仅"做了分母"的落榜生，似乎成了被遗忘的人。曾经的艰辛付出与如今的残酷结果形成强烈反差，还要背负无颜面对江东父老的压力。

金榜能否题名以至被何等品质的大学题名，对任何人来说当然都很重要，它至少说明人生关键的一步，你踏上了一个怎样的台阶。所以，对于有正常认知能力的考生来说，落榜是极大的打击，对家长也是一次不小的考验。应该说，落榜之后，最痛苦最有失败感的是孩子本人，心灰意冷，消沉痛苦是落榜生可能要经历的心理过程，甚至不知道自己的未来在哪里。此时，家长理智地调整心态，陪伴孩子尽快渡过这一人生低谷至关重要，切忌将自己望子成龙、望女成凤之凤愿落空后的失落心理转嫁到孩子身上，这会让原本脆弱的孩子更加不堪一击。

首先，家长应基于孩子的意愿，帮助他们正确规划未来，让他们感觉到被重视和尊重，让当前状况下的孩子获得些许被肯定感，在一定程度上可缓释高考落榜带来的自我否定及被他人否定的心理暗示，让受伤的心灵得到抚慰。其次，家长应帮助孩子树立一种观念，要将高考放在整个生命的大背景中量化，它只是人生中的一个选项，高考失利，不意味着人生的全部失败，失败也是一种开始。

对于考生本人来说，失败是失意，接受失败却是一种能力。这里，讲一个古人张继的故事：一千多年前，许多同窗好友榜上有名，张继却名落孙山，他失望地返乡时路过苏州。夜晚，月亮渐渐西斜，从枫树梢头落下，小船停泊在枫桥旁边，枫桥下的河面上渔火点点。乌鸦的叫声在静夜里显得格外凄凉。张继无法入睡。那情那景，特别是寒山寺的夜半钟声敲出了他吟诵在心底的千古诗句：月落乌啼霜满天，江枫渔火对愁眠。姑苏城外寒山寺，夜半钟声到客船。

这首著名的《枫桥夜泊》就是在此背景下诞生的。一千二百年过去了，当年那张榜单上曾经出现过的状元是谁？恐怕今天已没有几人记得，但落第者张继和他那千古著名的诗句却流传至今。古人云：失之东隅，收之桑榆。这里失去那里也许可以得到，这个道理是有哲学内涵的。

德国共产党创始人之一的卢森堡在《狱中书简》中说过这样一句话："不管一切如何，你仍然要平静和愉快。生活就是这样，我们也就必须这样对待生活，要勇敢无畏，带着笑容地——不管一切如何。"卢森堡在狱中面对生死尚能如此，更何况一次考场失意。最要紧的是要使自己在经历失败中快速成长，快速觉悟，把精神及相关成本降到最低。清楚自己失败的原因最为重要，以利再战。

再退一步说，条条大路通罗马。成才之路是宽阔的，绝不只是上大学这一条。古今中外，历来不乏自学成才的名家。爱迪生只进过三年学校，高尔基从十岁开始就过着颠沛流离的生活，富兰克林是印刷所的学徒，法拉第是一个装卸工。即使是那些科班出身的大学者，他们的学问也有一大半是离开学校以后自学来的。

人生路漫漫。对通常人而言，高考失利完全可以被称为步入成人摔的第一跤，在这一过程中使心智和承受力得到提升，才是对人生最有建设意义的。一次失败算得了什么，美好的青春年华属于你，这才是最大的资本。把握住不可复制的年华，奋发向上才是必须坚守的原则。放下包袱，重塑信心，路就在脚下……

自我价值的飞升

在报上看到一篇报道，说五十六岁的赵瑞平女士准备骑单车行走欧洲二十多个国家，路线是从俄罗斯出发，即从北欧到西欧再到希腊，如果经费允许，还准备到埃及、西班牙和英国，全程将历时三个多月。为了准备此次行程，她已提前两个月辞职做各种功课，目前境外保险已办完，正在办理签证。这件事听着就觉得喜兴，给人提神。社会永远是大多数人的社会，整体生活节奏快，在这种气场下，一个个体若想突破基本氛围，轻松过活，是很需要些定力的。赵女士此行有两个愿望：一是总听说欧洲文明程度高，环境优美，看看人家到底是怎么进行环保的；二是骑车行走欧洲是自己多年的一个梦想，今年就去实现它。

赵女士的第一个愿望，可以理解为她是一个有社会责任感的人。作为一个普通人，能有这种意识难能可贵。这些年，中国的经济发展有目共睹，但人的素质和综合文明程度并非都同步跟上了，甚至某些方面有所退步也并非危言耸听。比如，在冬日的早晨，我特别不愿意在马路上走，因为痰迹随处可见，是普遍现象。不能理解的是，兜里装一包卫生纸就能杜绝的劣迹，为什么有那么多人不肯为之。从小处理解，是不拘小节，是只图自己方便，往大了说，还不是公德意识差。记忆中至少二十年前，天安门周边地区就有吐痰罚款的条例，这说明此类问题已经上升到一种政府行为去解决，遗憾的是生活水平都发生如此天翻地覆的变化了，可这一顽固的恶习并未能杜绝。有了社会责任感，人就会下意识自觉地去维护公共卫生，环境就能美好。采访时，赵瑞平女士曾说，看到很多欧洲人拿着一个瓶子盖或糖纸到处寻找垃圾筒，真让人感动，特想看看他们为什么能做到这样。我也曾看过另一个资料，说在荷兰阿姆斯特丹的许多男士洗手间的小便池里，都印着一个苍蝇的图案。它在排水口偏左一些，设计者的意图就是刺激男士只对准一个目标动作，从而避免到处四溅弄脏环境。还有一个细节是，垃圾筒的开口处，形状类似于篮球场的篮筐，下方套着一个塑料袋，人们处理垃圾时会产生一种"投篮"的欲望，这种对心理的迎合可引导人们准确地把垃圾放到它该去的地方。这些细小处同样透露着文明的光辉，彰显着欧洲的魅力，都会对环境有美好向往的人构成吸引。

且不说赵女士去了欧洲看了人家的文明后就能在更大的范围内改变什么，但说她的这种想法就很不俗，说明她内心对环保有一种美好的呼唤。如果每个普通人都有这个愿望，肯定会潜移默化地对行动产生积极的影响，中国的环保成本一定会大大降低。

再说赵女士的第二个愿望也让人心生敬意。我坚信骑车旅行到那么远的地方，主要的并不一定都是收获浪漫的感觉，更多的是对体能的考验，需要战胜很多困难。其实，人大多数时候都是处于一种惰性的状态，如果我们永远都有一颗像赵女士那样勇敢澎湃的心，可能每个人的人生都会有许多动人甚至非凡之处，都能顺着梦想不断前行。人生有十，逆境八九。生活是具体的，酸甜苦辣是常态，生老病死是规律，谁都无法逃避，在这个前提下，如果我们没有积极的心态，没有快乐的能力，就会不时陷入生活的琐碎和烦恼中。放大微小的快乐，淡化庞杂的烦恼，生活和生命质量就会有改观。赵女士在1992年时，曾因腰椎突出瘫痪好几个月，严重的病痛甚至让她有一种走向死亡的感觉。但是，病况好转后她以坚强的毅力进行锻炼，山里骑车、河里游泳、手工编织都是她的爱好，而且持之以恒坚持。此次与她欧洲行的同伴就是她在骑车游西藏时，在路上相识的一位骑友。应该说，赵女士骑车旅行还有一个重要的原因，是因为她囊中羞涩。即便这样，依然去寻找一种自己能承受的方式去实现梦想。这种状态已经是一种成功，也许它似乎没有更炫目的意义，但对普通人来说，自我认定的价值实现了，难道不就是最有效的价值吗？通常情况下，不用说五六十岁的中老年人，就是三四十岁的青年人，身心处于懒散甚至早更状态的也大有人在。如此说来，心态确实决定着生存质量的高下。

卡耐基说，生命最终归于寂灭，其本身没有任何意义的，只有自己赋予你的生命一种愿望，才会显得有意义，因此享受生命的过程就是一种意义所在。也许，赵女士无意中正是践行了这样一个过程，宣告了生命的精彩。了悟生活的真相，才有可能排除一切杂念和阻力，让梦想变成现实，提升自我价值。

INTERNATI◉NAL
SERVICES TRADE

服务贸易的春天

教育、旅游、浦东服务贸易巡礼

吴根宝 主编

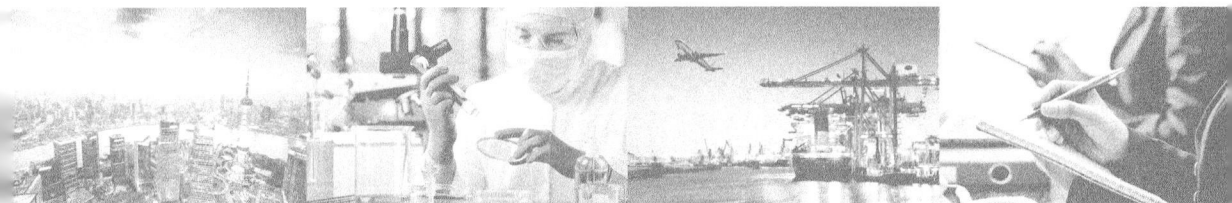

上海交通大学 出版社
SHANGHAI JIAO TONG UNIVERSITY PRESS

内容提要

本书是以《服务贸易的春天》为名的服务贸易丛书续篇之一，分为"教育篇""旅游篇"和"浦东新区篇"三个部分，共收录 27 篇文章，主要以服务贸易细分行业的发展为视角，反映上海服务贸易的新发展。通过本书，读者可以感受到服务贸易企业的脉搏跳动，感受到服务贸易的从业人员为社会的发展、为我国经济发展水平的提高所做的努力。

图书在版编目(CIP)数据

服务贸易的春天：教育、旅游、浦东服务贸易巡礼/吴根宝主编. —上海：上海交
通大学出版社，2018
ISBN 978 - 7 - 313 - 18780 - 2

Ⅰ.①服… Ⅱ.①吴… Ⅲ.①服务贸易-贸易发展-上海-文集
Ⅳ.①F752.68 - 53

中国版本图书馆 CIP 数据核字(2018)第 108708 号

服务贸易的春天

教育、旅游、浦东服务贸易巡礼

主　　编：吴根宝				
出版发行 上海交通大学出版社		地　　址：上海市番禺路 951 号		
邮政编码：200030		电　　话：021 - 64071208		
出 版 人：谈　毅				
印　　制：江苏凤凰数码印务有限公司		经　　销：全国新华书店		
开　　本：710mm×1000mm　1/16		印　　张：19.25		
字　　数：261 千字				
版　　次：2018 年 6 月第 1 版		印　　次：2018 年 6 月第 1 次印刷		
书　　号：ISBN 978 - 7 - 313 - 18780 - 2/F				
定　　价：88.00 元				